DAGMAR PETRICK

HENDRIK UND DER BERÜHMTESTE HÄFTLING DER WELT

DAGMAR PETRICK

HENDRIK UND DER BERÜHMTESTE HÄFTLING DER WELT

neukirchener

camino.

Dieses Buch erzählt eine Geschichte aus einer anderen Zeit und einer anderen Kultur, in der Sprache manchmal anders gebraucht wurde als heute. Zum besseren Verständnis ist ein Glossar beigefügt.

MIX
Papier aus verantwortungsvollen Quellen
FSC
www.fsc.org
FSC® C014496

Bibliografische Information der Deutschen Nationalbibliothek:
Die Deutsche Nationalbibliothek verzeichnet diese Publikation
in der Deutschen Nationalbibliografie; detaillierte bibliografische Daten
sind im Internet über http://dnb.d-nb.de abrufbar.

Koproduktion mit camino im Verlag Katholisches Bibelwerk GmbH, Stuttgart

Umschlaggestaltung: Grafikbüro Sonnhüter, www.sonnhueter.com,
unter Verwendung eines Bildes von © Christophe BOISSON, pathdoc,
13FTStudio, baldyrgan (shutterstock.com)
Lektorat: Anja Lerz, Moers
DTP: Breklumer Print Service, www.breklumer-print-service.com
Verwendete Schriften: Adoba Garamond Pro, Pinto No. 1
Gesamtherstellung: GGP Media GmbH, Pößneck
Printed in Germany
ISBN 978-3-7615-6712-8 (Neukirchener Verlag)
ISBN 978-3-96157-156-7 (camino)

www.neukirchener-verlage.de
www.bibelwerkverlag.de

Für meinen Vater –
beste pa ooit

INHALT

BEIFALL

Es ist der 10. Februar 1985, ein Sonntag. Die Ränge im Jabulani Stadion sind bis auf den letzten Platz gefüllt. Eine junge Frau betritt die Bühne. Beifall brandet auf. Nobutho Zindziswa Mandela rückt das Mikrofon gerade. Ihre Stimme zittert nicht, als sie zu sprechen beginnt: *My father says*, sagt sie. „Mein Vater sagt …“

Ich höre ihr zu. Ich denke an die Worte, die Pa zu mir sagte: „Nelson Mandela ist ein Terrorist. Wir müssen uns vor ihm hüten. Keiner darf jemals erfahren, was er sagt.“

Drei Jahre liegt das zurück. Drei lange Jahre, in denen sich viel verändert hat.

AUFBRUCH

Gischt spritzte auf, als die South Star mit einem wehmütigen Tuten vom Murray's Bay Harbour ablegte und ihren Bug ins Meer schraubte, um die zwölf Kilometer nach Kapstadt zu pflügen. Ein letztes Mal für mich. Wir verließen die Insel. Vor uns lag die Zukunft.

Das sagte nicht ich. Das sagte Pa, aber niemand hätte dem mehr zustimmen können als meine Mutter. Ma hat die Insel von Anfang an nicht gemocht. Schon vom ersten Tag an, als Pa seinen Dienst im *Maksimum Sekuriteit Gevangenis op Robbeneiland*, dem auf Robben Island gelegenen Gefängnis mit der höchsten Sicherheitsstufe, angetreten war, verabscheute sie das kleine Ödland mitten im Atlantik. Und in der Tat fiel es schwer, etwas Liebenswürdiges daran zu entdecken. Die meisten Tage verregneten kalt und grau, und immerzu blies Wind. Der Wind fegte über die Schiefersteine. Er wirbelte Sand ins Haus. Er schob ihn über die Türschwelle, zwängte ihn durch die Fensterritzen. Bald hatte er sämtliche Möbel unter einer hauchdünnen Schicht feingemahlenen Kalkstaubs aus dem nahegelegenen Steinbruch begraben und das Haus in eine Sandkiste verwandelt. Jedenfalls kam es Christie und mir so vor.

Jetzt lehnte Ma neben Christie, Pa und mir an der Reling, den Rücken entschieden der Insel abgewandt, den Blick starr nach vorn gerichtet, während der unsägliche Wind an ihrem Kopftuch zupfte, in einem letzten zaghaften Versuch, sie zum Bleiben zu überreden.

Als ob er das könnte!

Wer Robben Island verließ, entschied nicht das Wetter. Das entschieden Männer wie Pa, die das Sagen hatten. Sie legten fest, wer auf die South Star durfte und wegfuhr. Obwohl der Wind an manchen Tagen die Wellen haushoch türmte, was eine Überfahrt ans Festland zwar nicht unmöglich, aber mindestens zum Ausflug über der Spucktüte machte. Dann blieb man lieber auf der Insel. Freiwillig.

Bis zum nächsten Ufer waren es immerhin sieben Kilometer. Nirgendwo im gesamten Atlantik rauschten die Wellen kälter an die Küste. Die Strömung strudelte unberechenbar. Im Wasser wimmelte es von Haifischen. Nur Lebensmüde dachten da an Flucht, wie jener Xhosa-Häuptling Makanda Nxele, den die Engländer gefangen hielten. Nach einer Dreiviertelstunde gab er auf. Er ertrank. Dummer Kerl! Was musste er auch davonlaufen?

Nein, lustig war es nicht, auf Robben Island zu leben. Aber eins musste man der Insel lassen: Sie eignete sich hervorragend, um Menschen festzuhalten.

Das wussten schon die Niederländer. Als sie vor über 300 Jahren auf Robben Island ankerten, luden sie gleich ihre Verbrecher dort ab wie lästigen Müll. Die Engländer machten es ihnen nach: Sie bauten ein Gefängnis. Einmal setzten sie Leprakranke aus. Die Leprakranken lebten länger als erwartet. Aus dem Schiefer, den sie mit ihren eigenen Händen brachen, errichteten sie die *Kirche zum guten Hirten*, in der auch ich die *Stem van Suid-Afrika* und andere Hymnen sang. Wieder wurde Robben Island zur Sträflingsinsel. Diesmal gehörte sie uns Afrikanern. Radelte Pa morgens durch das Tor mit der würdevollen Inschrift *Ons dien met trots* – „Wir dienen mit Stolz" –, empfand er genau das: Stolz, weil er unserem Land diente.

Die Sonne stach mir in die Augen. Ich legte eine Hand an die Stirn und blickte zurück. Die South Star hatte sich bereits beträchtlich vom Hafen entfernt. Die Insel schrumpfte. Ich erkannte noch die grauen Schieferfelsen. Spärliches Buschwerk und ein paar Bäume säumten den schmalen Strand, an dem ich mit Pa an manchen Tagen Hechtmakrelen geangelt hatte. Vom Gefängnis ragten vier Wachtürme auf, an jeder Ecke einer. Das Letzte, das ich erspähte, war die Spitze des Leuchtturms, der sich wie ein erhobener Zeigefinger in das Blau des Himmels reckte, als wollte er mich an etwas erinnern, aber ich wusste nicht, an was. Er krönte die einzige Erhebung der gesamten Insel. Auf diesem Flecken Erde von fünf Quadratkilometern, kaum größer als vierzig Fußballfelder, hatte ich mein ganzes bisheriges Leben verbracht.

„Der Junge hat hier keine Zukunft!", klagte Ma und wiederholte es so oft, bis auch Pa dazu nickte. Als Kind war er von seinen Eltern in ein Internat geschickt worden. Er wollte nicht, dass ich das Gleiche durchmachen würde wie er. Obwohl ich nicht hätte sagen können, ob das Leben im Internat wirklich derart furchterregend war, wie er es stets ausmalte. Aber selbst mir gefiel die Vorstellung wenig, dass ich Pa und Ma und von mir aus Christie nur in den Ferien sehen würde. Darum fragte ich nicht einmal nach, als sie mir von ihren Umzugsplänen erzählten. „Aufbruch zu neuen Ufern“ nannten sie es, vor allen Dingen Ma konnte es kaum erwarten. „Du wirst sehen, *Lief*, wenn wir erst in Kapstadt leben, wird so vieles um so vieles leichter werden!“, sagte sie, und dabei dachte sie weniger an meine Zukunft als an ihren Einkauf, der auf Robben Island eine immerwährende Herausforderung darstellte. In dem einzigen Laden auf der ganzen Insel gab es selten frisches Gemüse, spärlich Obst, an manchen Tagen nicht einmal den Sirup für die *Koeksisters*, vor allem aber niemals Hosen für mich.

„Du wächst, dass man dabei zuschauen kann, Hendrik, und wir müssen wieder warten, bis das nächste Schiff zum Festland übersetzt!“, jammerte Ma und schwärmte von Kapstadt, wo sich die Hosen angeblich in den Schaufenstern stapelten wie sonst nur die Sandkörner, die der grässliche Wind unablässig durchs Fenster pustete. Besonders ohne diesen Wind würde das Leben angenehmer werden, „geradezu ein Kinderspiel“.

Wie um zu beweisen, dass er auch anders konnte und wir ihn zu Unrecht verunglimpften, legte sich der Wind. Die Wellen verebbten. Das Meer verwandelte sich in eine blanke Fläche, glänzend wie ein Spiegel, der mir meine Gedanken zurückwarf, als ich mich über die Reling beugte und ins Wasser blickte. Ich erschrak, denn was ich sah, gefiel mir nicht. In meinem Schädel verbarg sich offenbar ein Winkel, in dem all das, was ich nicht laut aussprach, nur darauf wartete hervorzukrabbeln, sobald ich nicht aufpasste. Denn wenn ich ehrlich war, musste ich zugeben, dass wir die Insel nicht wegen meiner Hosen verließen. Es lag auch nicht am

Einkauf oder an der Zukunft, die es nicht für mich gab auf Robben Island. Es lag an Nelson Mandela.

Nach 18 Jahren Einzelhaft wurde er nach Pollsmoor ins Hochsicherheitsgefängnis verlegt. Nelson Mandela zog um, wir zogen mit, weil Pa Mandela bewachte. Als würde ein Häftling bestimmen, wo es langging. Die Zukunft lag vor uns, aber ein Gefangener schloss das Tor dazu auf.

Das war ein verrückter Gedanke. Der Gedanke war so verrückt, dass ich ihn rasch zurück ins Wasser träufelte. Ich richtete mich auf und rückte die Mütze gerade, als könnte ich mir damit auch die Flausen im Kopf zurechtrücken. Mandela war schließlich nicht irgendwer, keiner der ungezählten Kleingauner wie die grässlichen *Tsotsis*, die in den Townships herumlungerten. Mandela war der schlimmste Verbrecher, den man sich nur vorstellen konnte, der am meisten gefürchtete Terrorist Südafrikas.

Jahrelang hatte die Polizei nach ihm gefahndet. Bis er letztlich doch in ihre Falle tappte. Er hatte sich als Chauffeur getarnt. Das hatte ihm nichts genützt. Und sehr zu Recht! Die Schwarzen hassten die Weißen. Kämen Mandela und seine Handlanger vom ANC frei, würden sie uns ohne Umschweife umbringen. Das sagten jedenfalls alle. „Die Schwarzen wollen dieses Land für sich allein. Niemals werden sie es mit uns teilen. Darum müssen wir es mit allen Mitteln gegen sie verteidigen!“ So hörte man es überall.

Jeden Morgen bügelte Pa seine Uniform glatt, bis die Falten stramm standen wie die scharfen Zacken der Drakensberge. War er fertig, schnallte er den Gürtel um und steckte den Schlagstock ein. Oder den *Sjambok*, der tiefer durch die Haut schnitt, wenn man ihn niederprasseln ließ.

Obwohl Pa versicherte, er habe die Peitsche aus Nilpferdhaut bislang noch nie gebrauchen müssen. „Die Gefangenen gehorchen mir auch ohne den, ich brauche sie bloß anzusehen, schau, so!“ Und er warf mir einen Blick zu, damit ich sah, wie fürchterlich furchteinflößend er sie anstierte. Dann lachte er. Und ich lachte auch.

Am sichersten wäre wohl, man würde alle Schwarzen einsperren. Wie Mandela, der eigentlich hätte aufgehängt werden sollen. Aufgehängt oder Genickschuss, ich wusste nicht, wie sie es machten, wenn sie einen zum Tod verurteilten. Denn Mandela hatte Hochverrat begangen. Das war im *Rivonia Prozess - der Staat gegen Nelson Mandela und andere* eindeutig bewiesen worden, und auf Hochverrat stand nun mal die Todesstrafe. Hätten unsere Leute Mandela nicht gefasst, er hätte ganz Südafrika ins Verderben gestürzt. Aber der Richter ließ Gnade vor Recht ergehen. Er wandelte das Urteil in lebenslange Haft um. Und so schlugen die Wärter die Stahltür hinter Mandela zu und drehten das Schloss um, einmal, zweimal. Für immer. Uns *Afrikaner* durfte man beim Wort nehmen. Lebenslänglich bedeutete, was es besagte: Von dem Tag, an dem sie dich wegsperren, bis zu der Stunde, in der du tot umkippst, kommst du nicht wieder raus aus dem Gefängnis, es sei denn, sie tragen dich im Sarg.

1964 verfrachteten sie Mandela nach Robben Island. Im kältesten Winter seit Jahrzehnten. Sie drückten ihm Nadel und Faden in die Hand, und während der Wind über die Felsen pfiff, dass einem das Blut in den Adern gefror, stickte er mit klammen Fingern eine Nummer auf die Jacke, genau an die Stelle, unter der das Herz pochte: 466/64, die Nummer, die ihn die nächsten 18 Jahre begleiten sollte. Auf Robben Island zählte man alles und jeden, und Mandela war der 466. Gefangene in jenem Jahr, in dem ich noch nicht einmal geboren war.

„Ma, Pa, schaut, dort oben!“ Christie warf einen Arm in die Höhe. Über uns kreiselte eine Möwe. Mit weit aufgespanntem Schnabel bettelte sie kreischend um Brot. „Bitte, darf ich sie füttern?“

Aber Ma verbot es ihr. „Nein, Christie, du behältst, was du hast, hübsch artig für dich. Wir kümmern uns schon genug um andere.“

Das stimmte. Ma kümmerte sich um uns. Pa kümmerte sich um die Gefangenen, und er machte seine Arbeit gut. Darum war er auch befördert worden. Er verdiente auch mehr Geld. Ma würde mir künftig alle Hosen kaufen können, sollte ich noch so wachsen. Wir würden in einem Haus wohnen. Bestimmt gab es einen Swimmingpool im Garten und in der Küche eine *Bediende*, die Ma zur Hand ging. Das Beste aber war, dass ich endlich ein eigenes Zimmer bekam. Ich musste es nicht länger mit Christie teilen. Denn obwohl ich Christie an manchen Tagen goldig fand, hielt ich sie meistens für die elfte Plage, die der Herrgott noch erfinden müsste, gäbe es nicht meine kleine Schwester schon.

Darum zogen wir um. Weil Mandela umzog. Vor allem aber, weil es schöner und leichter werden würde für einen jeden von uns. Weil die Zukunft vor uns lag. Und selbst wenn Mandela das ganze Hin und her verursacht hatte, stand eins doch fest, wie der Tafelberg unverrückbar über Kapstadt thronte: Mandela konnte nicht tun, was er wollte. Er war nicht frei. Wir dagegen schon. Wir schlenderten mal hierhin, mal dorthin, bestaunten die Delfine, die ab und an aus dem Wasser schnellten, und die Möwen in der Luft. Uns wehte eine erfrischende Brise um die Nasen, während die Gefangenen unter Deck in faulig beißendem Gestank keuchend um Atem rangen.

„Warum dürfen sie nicht raus?" Christie sah uns mit großen Augen fragend an und schmiegte Estie eng an sich. Nie sah man Christie ohne ihre Puppe. Als wären die beiden aneinander festgewachsen. „Können sie nicht neben uns stehen?"

Das bewies es nur wieder: Christie war wirklich noch sehr klein und dumm. Ma klappte den Mund auf, um es ihr zu erklären, aber ich antwortete schneller. „Das sind Verbrecher, Christie", sagte ich mit meiner Ich-bin-dein-großer-Bruder-Stimme. „Sie könnten dir etwas antun. Darum gehören sie weggesperrt. Außerdem sind sie schwarz. Schwarze teilen sich keine Plätze mit Weißen."

Ma klappte den Mund wieder zu, doch sie lächelte, und Pa legte eine Hand auf meine Schulter. Er drückte sie fest. „So habe ich es auch gelernt. So wird es bleiben. Was Gott getrennt hat, darf kein Mensch zusammenführen."

Ein letztes Mal sah ich zurück: Robben Island war am Horizont verschwunden, und wie ich mich umdrehte, tauchten aus dem Dunst die Umrisse von Häusern und Kaimauern auf. Darüber erhob sich würdevoll der Tafelberg. Ein Tuch aus grauen Wolken hüllte ihn ein.

Es war ein umwerfender Anblick. Der noch umwerfender wurde, als die Sonne durch die Wolken brach und ihre Ränder in ein zartes Rosa tupfte.

„Vor uns liegt die Zukunft!", hatten meine Eltern vorhergesagt. Sah sie so aus, standen mir rosige Zeiten bevor.

ALTER MANN

Die Aussicht in meinem neuen Zimmer prickelte allerdings kein bisschen. Ich blickte geradewegs auf das *Veld*, kaum mehr als ein Stück brachliegender Wiese, an deren Ende ein Township mit seinen jämmerlichen Hütten aus Blech oder Holz aufragte. Groß war mein Zimmer auch nicht. Wenn ich weiterwuchs – wovon ich ausging – würde ich eines Tages mit den Armen an die Wände stoßen, sobald ich in der Mitte stand und sie ausbreitete.

Pa stellte eine Kiste auf den Boden. Er sah sich um. „Ein bisschen erinnert es mich an Mandelas Zelle auf Robben Island. Sie war zwar kleiner, aber nicht wesentlich!" Er lachte. Dann zuckte er mit den Schultern. „Immerhin gehört dir das Zimmer allein, und das sieht bei Mandela inzwischen anders aus. Was haben die Gefangenen gestaunt, als sie die neue Zelle mit den vielen Betten das erste Mal betraten! Kein Wunder, nach den langen Jahren in Einzelhaft. Das sind sie nicht gewöhnt. Und stell dir nur vor: Anderntags haben sie sich bei mir beschwert, obwohl sie jetzt sogar Matratzen haben! Sisulu schnarcht und Mandela nervt, wenn er Morgensport treibt, Liegestützen, Rumpfbeugen, Laufen auf der Stelle, das ganze Programm. Sie denken wohl, sie könnten Ansprüche erheben, bloß weil sie umgezogen sind!“ Pa schüttelte den Kopf. Er grinste, aber ich glaubte, mich verhört zu haben.

Wieso nervte Mandela, wo er der gefürchtetste Anführer der gefürchtetsten Untergrundorganisation Südafrikas war? Und überhaupt: „Ist Mandela nicht zu alt für Liegestützen?“, fragte ich.

„In der Tat“, sagte Pa, „er hat schon graue Haare.“

„Wie alt ist Mandela eigentlich?“ Mit einem Mal dämmerte mir, dass ich kaum etwas wusste über Pas berühmten Gefangenen, obwohl ich gewissermaßen an der Quelle saß, da Pa Mandela täglich traf. „Und wo ist er geboren?“

„Mmh, lass mich nachdenken!“ Pa kratzte sich am Kopf, als schabte er aus den hintersten Winkeln seines Schädels die Bruchstücke seines Wissens über Mandela zusammen. Es war dann auch nicht viel, was er mir hinwarf: ein Flickwerk kleinster Auskünfte hier und dort, aus denen ich mir ein größeres Bild zusammenzusetzen versuchte. „Mandela kam in der Transkei zur Welt. Das ist ein zerklüftetes Gebiet im Osten des Landes. Und das war ... das war am 18. Juli 1918!“

In Mathe glänzte ich nicht, aber ausrechnen konnte ich es doch. Jetzt schrieben wird das Jahr 1982. Mandela war 1918 geboren. „Dann ist Mandela schon 64 Jahre alt!“

„Ganz genau!“ Pa nickte. „An seinen sechzigsten Geburtstag erinnere ich mich noch gut. Tausend Glückwunschkarten aus aller Welt trudelten ein. Alle für Mandela. Bis auf zwölf haben wir alle verbrannt. Das mussten wir tun, Anweisung von ganz oben. Weil Mandela nur zwölf behalten durfte. Für jeden Monat eine.“

Pa versetzte einer Kiste einen Tritt mit der Schuhspitze.

Er schob sie näher zu mir hin. Die Unterhaltung war vorbei. „Pack jetzt lieber aus, Hendrik! Deine Ma mag es nicht, wenn das Haus unordentlich aussieht." Damit ging er.

Nun hätte ich ausräumen oder mir den Kopf darüber zerbrechen können, wie viele Geburtstagskarten den Kamin der Amtsstube auf Robben Island befeuert hatten. Stattdessen stellte ich mich ans Fenster und blickte auf das Feld. Auf der freien Fläche würde Pa Rugby mit mir üben wollen, das war mir bereits jetzt klar. Dabei konnte ich Rugby nicht ausstehen. Aber Pa behauptete, das könne gar nicht sein. „Alle Afrikaner lieben Rugby", sagte er und legte eine Hand auf meine Schulter. „Es hat noch keinen Afrikaner gegeben, der es nicht mochte, und mein Sohn wird nicht der erste sein!" Pa bestand darauf, dass wir zusammen spielten, er nannte es *ein Vorrecht, es wird dich weiterbringen*, wobei er wieder meine Schulter knetete. Vermutlich war das so eine Art Vater-Sohn-Ding, Sachen, die Väter einzig mit den Söhnen anstellten, wofür die Söhne den Vätern dankbar sein mussten. Aber oft sah ich die Ratlosigkeit in seinen Augen flackern, wenn ich mal wieder nicht wusste, wohin mit dem Ball. Bestimmt fragte er sich in solchen Augenblicken, was er mit einem Sohn anfangen sollte, der seine Leidenschaft für diesen Sport nicht teilte, obwohl ich gerne rannte und auch ein guter Läufer war. Aber dazu brauchte ich keinem eiförmigen Lederball hinterherzuhecheln, während mich von allen Seiten wildgewordene Jungen angriffen, bloß damit der Ball über eine Stange torkelte, derweil ich selbst der Länge nach in den Dreck klatschte.

Ich drehte mich um. Die Kisten standen unberührt auf dem Boden. Ich öffnete die erste, entnahm ihr meine

Hemden, faltete sie in den Schrank, die neue Schuluniform hängte ich auf einen Bügel. Die drei Bücher, die ich besaß – ein Wörterbuch Afrikaans, die Bibel und ein Geschichtsbuch von Tante Miems, *Südafrikas schillernde Seiten* – stellte ich ins Regal. Meine *Tekkies*, die Turnschuhe, warf ich in die Ecke, den Rugbyball schleuderte ich ebenso achtlos hinterher. Ich hoffte, ich würde ihn nicht so schnell hervorholen müssen.

Auch wenn ich Rugby hasste, den Globus liebte ich. Ich stellte ihn neben mein Bett auf die Kommode, damit ich ihn, falls ich nachts mal wieder aufwachte und nicht mehr einschlafen konnte, sofort in meiner Nähe hatte. Der Globus besaß einen Lichtschalter. Knipste ich ihn an, begann es in seinem Inneren zu glühen, als brodelte tatsächlich heißes Magma unter seiner Kruste. Dann drehte ich ihn im Kreis, immer rundherum, bis ich mit dem Zeigefinger zielgenau hinunterstach in das Land, in dem ich lebte, Südafrika, als wäre Südafrika der Nabel der Welt. Dabei baumelte es lediglich als bescheidener Zipfel am Rand eines gewaltigen Kontinents, der es mit dreißig Millionen Quadratkilometern umso vieles überragte. Aber ich kannte nun mal nichts anderes. Robben Island war mein Zuhause gewesen. Fast bildete ich mir ein, ich erspähte die winzige Insel mitten im Ozean. Obwohl da genau genommen nur ein grünlichgrauer Klecks in einer Menge Blau schwamm. Weshalb es auch nichts weiter als ein Häufchen Fliegendreck sein konnte.

Tante Miems hatte mir den Globus zu meinem siebten Geburtstag geschenkt. Der lag schon eine halbe Ewigkeit zurück, genauso wie der letzte Besuch von ihr, weil ihre Besuche höchst selten vorkamen und niemals lange dauerten.

„Dein Pa und ich – wir kommen einfach nicht miteinander aus“, sagte sie und hob entschuldigend die Hände. „Du weißt doch, wie er ist!“

Das wusste ich nicht. Mein Pa war mein Pa, mehr hätte ich auch nicht über ihn sagen können. Aber dass Streit aufflackerte wie Glut im Kamin, wenn man darin herumstocherte, sobald Tante Miems ins Haus trat, wusste ich wohl. Ich kannte es nicht anders. Vermutlich war es immer schon so gewesen, von Kindesbeinen an, denn Tante Miems und Pa waren Geschwister.

„Hier, Hendrik, nimm mal ab, ist für dich!“ Tante Miems überreichte mir den Globus mit ausgestreckten Armen. Sie hielt ihn nur mit den Fingerspitzen wie eine Kostbarkeit, die bei zu starkem Druck zerspringen könnte, und als eine solche bewahrte ich ihn seitdem auf. „Damit du nicht vergisst, die Erde ist rund“, sagte Tante Miems. „Ist es nicht seltsam, dass wir nicht ins Weltall purzeln, obwohl wir uns ständig im Kreis drehen? Mal sind wir oben, dann wieder unten. Nun versetz der Erde einen Stups!“

Es war das erste Mal, dass ich den Globus kreiseln ließ. Und während Kontinente und Meere an meinen staunenden Augen vorüberzogen, bis sie in ein Band aus Blau und Grün und Gelb verschmolzen, stimmte ich Tante Miems zu. Es war in der Tat merkwürdig, dass wir nicht herunterfielen, ein Wunder, das ich nicht begriff.

Mittlerweile hatte ich von Sir Isaac Newton gehört. Ich kannte sein Gravitationsgesetz. Ich verstand es zwar nicht, wusste aber immerhin, dass es an der Schwerkraft lag, weshalb wir nicht davonsegelten.

Kawumm! Mit lautem Rums flog die Tür auf. Christie

stürmte herein. Sie hetzte an mir vorbei und wühlte durch meine Kisten. Verdutzt sah ich, wie die Sachen, die ich ausräumen sollte, in hohem Bogen auf den Boden segelten. Christie suchte ihre Puppe. Ich hatte Estie aber nicht gesehen.

„Hör auf, Christie! Was will ich schon von deiner Puppe?"

„Ach nein, und was ist das?" Christie tauchte aus einer Kiste auf. In der Hand hielt sie die Puppe. Christies Gesicht glühte. Gleich würde sie mir Estie um die Ohren schlagen. Doch das tat sie nicht. Sie wiegte die olle Puppe im Arm und flüsterte ihr tröstende Worte zu. „Hendrik hat uns angelogen", wisperte sie. „Aber jetzt ist alles wieder gut. Wir sagen es Ma. Sie wird mit Hendrik schimpfen!"

Schon fegte sie davon und ließ mich verblüfft und sprachlos zurück. Ich ahnte allenfalls, dass ich gleich mächtig Ärger bekommen würde, und all das nur, weil ich ihr großer Bruder war. Manchmal verteilte das Leben seine Karten ungerecht.

BIRNBAUM

„Mag sein, dass es im Augenblick ein wenig schwierig ist." Pa hob das linke Hosenbein hoch. Er begutachtete es streng. Wie jeden Morgen bügelte er seine Uniform, während wir darüber sprachen, wie ich zur Schule kommen sollte. Das heißt, wir sprachen nicht darüber, Pa erklärte es mir. Ernsthaft mitreden durfte ich in der Angelegenheit nämlich wenig. Pa gab den Ton an, ich nickte dazu. Es ließ sich ohnehin nicht ändern. Ich hätte mir zwar gerne mehr Zeit gewünscht, um mich an das viele Neue zu gewöhnen, doch die Schule scherte sich kein bisschen darum, wie es mir ging. Ich musste trotzdem hin. Allerdings begannen die Schwierigkeiten bereits beim Hinweg: Er glich einer Herausforderung.

„Die Leute sind ein wenig aufgebracht. Sie regen sich über alles Mögliche auf." Pa legte das rechte Hosenbein auf das Bügelbrett und schob das heiße Eisen darüber. Der Stoff knisterte. „Nichts als Kinkerlitzchen, wenn du mich fragst, aber es genügt ja, dass einer einen Stein wirft, schon bricht das Kuddelmuddel los. Deshalb fährst du mit dem Bus, den zwei meiner Kollegen begleiten. Dann habt ihr wenigstens ein paar Waffen dabei. Falls es Ärger gibt."

Ich fragte Pa nicht, an welche Art von Ärger er dachte,

und wen er mit „aufgebrachten Leuten“ meinte, konnte ich mir selbst zusammenreimen. Hin und wieder ließ Pa seine Zeitungen auf dem Tisch liegen und ich blätterte heimlich durch *Die Burger* oder *Die Beeld*. Obwohl sie eher selten über die Unruhen im Land berichteten, meistens lobten sie Botha, *die Groot Krokodil*, das *große Krokodil*. Der Premierminister und Parteivorsitzende hatte die Lage fest im Griff. Doch seit wir in Tokai wohnten, roch ich es an manchen Tagen auch. Der Wind schob den Rauch ans Fenster, wo er gegen die Scheibe drückte, als wollte er anklopfen und mich zum Hinsehen einladen. Spähte ich dann zum Township hinüber, sah ich die dünnen Säulen aus Qualm, die sich in den ansonsten strahlend blauen Himmel ringelten.

„Sie verbrennen bloß ihren Müll“, wiegelte Pa ab. „Jedes Township ist eine einzige stinkende Müllhalde. Man sollte alle räumen, genauso wie in Sophiatown.“

Aber ich wusste, es war nicht allein der Müll. Müll stank, wenn man ihn verbrannte. Noch ekelerregender aber rochen die brennenden Autoreifen, die sie benutzten, um die *Impimpis* zu bestrafen. So nannten sie diejenigen, die mit Weißen zusammenarbeiteten, mit ihnen *kollaborierten*, obwohl es selten Beweise dafür gab.

Das allein hätte mir schon genügt an Aufregung. Doch die Townships lagen immer noch weit genug entfernt, als dass sie mich ernstlich beunruhigten. Auch die Einzelheiten wollte ich gar nicht näher wissen. Die neue Schule plagte mich viel mehr, obwohl keines der „aufgebrachten“ schwarzen Kinder sie besuchte, natürlich nicht, gute Schulen gab es nur für Weiße.

„Vergiss nicht den Tee, Lief“, sagte Ma und drückte mir mit einem Kuss auf die Wange eine Thermoskanne in die Hand.

Ich erwartete keineswegs, dass mein Einstieg in die neue Schule ein Zuckerschlecken werden würde. Ich war nicht gut in Mathe, aber das konnte sogar ich an einer Hand ausrechnen. Neu in eine Schule zu kommen, in der sich alle anderen längst kannten, war ungefähr, als torkelte ein Marsmensch ins Klassenzimmer. Wobei Marsmenschen immerhin noch ungewöhnlich und damit reizvoll waren. Das konnte ich nicht über mich sagen. Bestimmt sah die hochnäsige Kapstädter Jugend in mir nichts weiter als den Langweiler von der Insel, auf der es außer einer Handvoll Wind kaum etwas zu erleben gab. Aber dann fiel mir ein, dass Pa auf den größten Verbrecher Südafrikas achtgab, vor dem sich alle fürchteten, nur mein Pa nicht. Ich straffte die Schultern, strecke die Brust raus und stiefelte durchs Schultor, als zöge ich in eine Schlacht: Hoppla, hier komme ich, und mein Vater ist ein Held!

Doch kaum stand ich im Schulhof, wusste ich nicht weiter. Ich blickte mich um. Durch das Gewimmel der Schüler, die alle ähnlich aussahen, weil wir alle in der gleichen Schuluniform steckten, entdeckte ich in einer Ecke des Schulhofs einen Baum. Ob Apfel, Birne oder Pflaume, keine Ahnung. Aber das war nicht wichtig, weil etwas anderes wichtiger war. Denn genauso einzeln wie der Baum dort wuchs, stand ein einzelnes Mädchen darunter, nur sie, nicht verschlungen in Trauben zu fünft oder zu sechst wie die anderen, weshalb ich sie nicht stören wollte. Und wie ich so zum Baum schlenderte und daran vorbei, als wäre mir das alles gleichgültig, sprach sie mich tatsächlich an. „He, du!“, sagte sie.

„He, du“, sagte ich. Ich blieb stehen und vergrub die Hände in den Hosentaschen. Das Mädchen trug ihre langen Haare in einem Zopf nach hinten gebunden. Schwer zu sagen, was das für eine Farbe war. Kastanienbraun? Dunkelblond? Bis mir einfiel, was ich sie fragen konnte. „He, du“, sagte ich nochmal. „Ich heiße Hendrik. Weißt du, wo ich das Klassenzimmer von Juffrou Daniels finde?“

Einen Augenblick lang musterte sie mich unverhohlen, als hielte sie mich wirklich für einen Marsmenschen, der in den Pausenhof einfiel. Aber dann sagte sie: „Bist du nicht der Neue, dessen Vater den größten Verbrecher Südafrikas bewacht?“

Schon klar, dass in Schulen Gerüchte schneller garten als Koeksisters in heißem Öl. Aber dass sich Pas Arbeit bereits auf dem Pausenhof herumgesprochen hatte, ehe ich selbst dort stand, verblüffte mich doch. Ich schnappte nach Luft. Fing mich wieder. „Woher weißt du das?“, fragte ich.

Darauf bekam ich keine Antwort. Dafür hob sie einen Arm und fuchtelte ins Unbestimmte. „Dritte Tür links im Gang“, sagte sie. Sie grinste. Es sah aus, als würde sie mich auslachen, und vielleicht lag es daran, dass ich jetzt nicht ging, wie ich es vielleicht lieber hätte machen sollen, sondern sagte: „Stimmt. Mein Vater bewacht Nelson Mandela. Er liest sogar seine Briefe.“

Darauf erwiderte sie wieder nichts, ihr Blick sprach umso lauter. *Ich könnte noch eine Menge über dich verraten*, und ich wollte nicht wissen, was das war. Zum Glück klingelte es. Sie löste sich vom Baum, Apfel, Kirsche oder

Pflaume, und war fast fort, als ich ihr nachrief: „He, du!“ Sie drehte sich um. „Was ist das für ein Baum?“

Wieder lächelte sie, wobei ihre Unterlippe schräg nach unten rutschte. Aber diesmal wirkte ihr Lächeln warm, sodass ich nicht befürchtete, sie lachte mich aus. „Du kennst dich wohl nicht aus mit Botanik“, spöttelte sie. „Das ist eine Birne!“

Sie drehte sich um und ging, und erst als ich nichts mehr von ihr sah, keinen wippenden Zopf, kein schräges Grinsen, merkte ich, dass ich sie etwas gänzlich anderes hatte fragen wollen. Ich hätte gerne gewusst, wie sie hieß. Stattdessen kannte ich nun den Namen des Baums.

TROTZIG

Von der hältst du dich besser fern!“ Drei Jungen aus meiner Klasse hatten sich zu mir gesellt. Der lange Schlaksige mit dem roten Haarschopf, den ich trotzdem noch um einen Kopf überragte, war bestimmt ein *Rooinek*. Aber lieber Englisch als *Indian* oder *Coloured*. Oder gar ein Schwarzer. So unterteilten wir die Menschen in diesem Land. Er reichte mir die Hand. Sein Händedruck war kräftig, wie bei jemandem, der gewohnt war, dass andere taten, was er von ihnen verlangte. „Klasie van Aarde!“

„Hendrik Dippenaar“, sagte ich. Ich hatte mich getäuscht. Klasies Name klang doch eher nach Afrikaner, nicht nach den *verdomde engelse*, den grässlichen Engländern. „Und das sind Nico de Villiers und Dawie Boorman.“ Klasie wies auf die beiden Jungen an seiner Seite, der eine rundlich und wie zusammengepresst, der andere kantig und muskelbepackt, als stemmte er jeden Tag Hanteln. „Die besten Haudegen, die du an der gesamten Schule finden kannst!“ Wir klatschten ein.

Es war Klasie nicht entgangen, dass ich durch das Gedränge im Hof zu dem Baum hinübergeschielt hatte, von dem ich mittlerweile wusste, dass es eine Birne war. Wieder lehnte das Mädchen darunter. Deshalb seine Rüge. Oder

der freundliche Hinweis. Denn womöglich bewahrte mich Klasie dadurch vor einem der unzähligen Fettnäpfchen, die jeder Schulstart reichlich bot, zumal für einen Grünschnabel wie mich. Und zu den Fettnäpfchen gehörte offenbar auch das Mädchen unter dem Baum. Ich sollte Klasie vermutlich dankbar sein, trotzdem hakte ich nach. „Was ist denn mit ihr? Warum soll ich nicht mit ihr reden?“

Klasie zog eine Augenbraue hoch. „Na, weil sie Donaldsons Tochter ist!“

Das war natürlich keine Antwort, mit der sich etwas anfangen ließ. Ich zuckte die Schultern. Klasie schob seinen Wuschelkopf dicht an mich heran. Seine Augen verengten sich zu schmalen Schlitzen, während er mir zuflüsterte, als verrate er ein Geheimnis, das er lieber nicht ausplaudern sollte: „Ihr Vater sitzt im Knast. Deshalb.“ Er richtete sich wieder auf. Laut und deutlich, dass es jeder hörte, grölte er: „Die rote Gefahr, die Südafrika überrollt, macht auch vor den Schulhöfen nicht Halt. Darum hütet euch vor den Kommunisten!“

Die drei prusteten sofort los.

Ich begriff nicht, was daran lustig sein sollte, lachte aber vorsichtshalber mit. Vom Dreiklang aus *swart gevaar*, schwarzer Gefahr, den Schwarzen, *rooi gevaar*, roter Gefahr, den Kommunisten und der *roomse gevaar*, römischer Gefahr, womit der Katholizismus gemeint war, hatte ich schon gehört. So stand es auch in den Zeitungen, vor allem wenn es einen Mord unter Schwarzen gegeben hatte. Daran sehe man nur wieder, was geschehe, überließe man den Schwarzen das Land. Mit ihren *Pangas* schlachteten sie sich kurzerhand gegenseitig ab. *Baasskap* hier, Baasskap da. Die von Gott an die Weißen verliehene Vorherrschaft über die Schwarzen war kein Vergnügen. Man brauchte sie, um die Schwarzen vor sich selbst zu schützen. Sie waren nun einmal die Schwächeren, die Weißen mussten für sie sorgen. Mit den Kommunisten verhielt es sich zwar ein wenig anders, niemand betrachtete sie als Kinder, trotzdem galt der gesamte Osten als Bedrohung. Mit Moskau als Speerspitze.

Aus den Augenwinkeln beobachtete ich, wie uns das Mädchen einen Blick zuwarf. Ob sie mitbekommen hatte, was Klasie tuschelte? Andererseits erschien mir kaum vorstellbar, dass sie nicht ohnehin längst wusste, was über sie gemunkelt wurde. Schulen eigneten sich schlecht, um Geheimnisse zu bunkern. Dafür redeten zu viele zu gerne.

Es war nicht nett von mir, trotzdem beschlich mich eine leise Genugtuung, als wären das Mädchen und ich damit wieder quitt. Sie wusste von meinem Pa, dass er Mandela bewachte. Nun wusste ich von ihrem, dass er im Gefängnis saß. Obwohl ich nicht verstand, warum. War er denn ebenfalls ein Staatsfeind wie Mandela?

„Es ist doch klar, dass Mandela freiwillig im Gefängnis sitzt", sagte Klasie prompt. „Mandela könnte jederzeit raus. Aber das will er nicht. Weil ihm lauter Feinde in den eigenen Reihen auflauern."

„Genau, und wenn er dann in Kapstadt rumläuft, schießen sie ihn, peng, augenblicklich tot!", stimmte Dawie zu.

„Mandela versteckt sich im Gefängnis, wo er es sich gut gehen lässt wie in einem Drei-Sterne-Hotel, und das auf unsere Kosten!", gab Nico zum Besten. „Derweil nutzt der ANC seine Gefangenschaft aus, um die Regierung schlecht zu machen. So ist es doch, Hendrik, nicht wahr?"

Die drei sahen mich erwartungsvoll an. Mir wurde warm. Wieder merkte ich, wie kümmerlich meine Kenntnisse über Mandela waren, obwohl Pa ihn seit Jahren bewachte. „Ich weiß nur, dass Mandela am 18. Juli Geburtstag hat!", stammelte ich.

Drei Atemzüge lang sagte niemand etwas. Klasie runzelte die Stirn. Vermutlich fragte er sich, ob ich ihn verspottete. Dann bohrte er mir eine Faust in die Schulter. „Hey, du bist ulkig, Mann!"

Sie lachten. Danach vergaßen sie Mandela und wandten sich Dingen zu, die sie für wichtiger hielten. Die *Springbokke* hatten ihr letztes Spiel schon wieder verloren. Das war nicht gut, das war sehr schlecht. Unsere Rugby-Mannschaft schlug sich zunehmend stümperhafter. Was wenig verwunderte, weil die internationale Sportgemeinschaft Südafrika seit Monaten ins Abseits drängte. Wer konnte da schon ausreichend üben? Ich aber machte mir in Gedanken eine Liste aller Fragen, auf die ich gerne eine Antwort hätte. Ganz oben stand: Herausfinden, wie das Mädchen unter dem Birnbaum heißt!

Die zweite Frage galt Mandela: Wenn er gar nicht raus wollte aus dem Gefängnis, wie Klasie behauptete, warum passte Pa dann auf ihn auf?

Wieder verhinderte die Klingel, dass ich ins Grübeln versank. Wir hatten Geschichte, die erste Stunde bei Juffrou Daniels. Sie fegte ins Klassenzimmer wie die erfrischende Brise am späten Vormittag, die ich dringend benötigte, weil mich um diese Zeit stets eine Welle bleierner Müdigkeit überrollte. Juffrou Daniels hüpfte vor der Tafel auf und ab, als pulste Koffein in ihren Adern. Ich wurde augenblicklich munter. Aufstehen. Grüßen. Setzen. In schwungvollen Buchstaben schrieb Juffrou Daniels das Thema der nächsten Unterrichtsstunden an die Tafel: „*Der große Treck*. Wer weiß etwas darüber?"

Alle Hände blieben unten.

„Niemand?" Juffrou Daniels sah uns erstaunt an. „Dabei ist es die Geschichte unseres Landes. Jedenfalls ein Teil davon und auch dieser nur, wie ihn die erzählen, welche die Schlacht am Blutfluss gewonnen haben. Oder habt ihr schon mal einen Toten reden hören? Oder einen, der gefangen war?"

Sie lachte, als wäre es ein Scherz, aber ich dachte prompt an Mandela, zum wievielten Mal bloß an diesem Tag? Es verblüffte mich, wie sich dieser Mensch in meine Gedanken drängte. Andauernd war die Rede von ihm, seit wir die Insel verlassen hatten. 18 Jahre saß Mandela nun schon hinter Gittern. Keines seiner Worte war seither gehört worden. Das würde auch so bleiben, dafür sorgte Pa. Mandelas Sicht der Dinge blieb ungesagt. Und ungehört. Was ich nicht bedauerte. Denn wer sollte schon einem Terroristen Gehör schenken? Falls Mandela überhaupt eine eigene Geschichte besaß – was ich bezweifelte –, handelte es sich eindeutig um eine unerhörte Geschichte. Merkwürdig erschien mir eher, was Juffrou Daniels erzählte. Als wollte sie andeuten, dass unter manchen Worten gewichtigere lauerten, solche, die die vermeintliche Leichtigkeit des Gesagten ins Wackeln brachten.

Doch ich konnte nicht weiter darüber grübeln, denn sie hatte mich bemerkt. Sie wippte auf mich zu. Die anderen Lehrer hatten mich begrüßt, wie man einen lästigen Punkt von einer zu lang geratenen Aufgabenliste strich: „Neu hier? Na dann.“ Juffrou Daniels reichte mir die Hand. Sie wünschte mir viel Glück, als hätte ich Glück besonders nötig. „Hoffentlich lebst du dich gut ein, Hendrik Dippenaar“, sagte sie. „Manchmal ist es nicht leicht, seinen Platz zu finden, weil es keinen Raum gibt, in dem man sich entfalten kann, zumal nicht in Südafrika, das viele Grenzen kennt.“ Sie musterte mich. Sie nickte. „Ich bin mir allerdings sicher, du schaffst das. Klug genug dazu schaust du jedenfalls aus.“

Ich murmelte ein leises Dankeschön. Ihr Lob machte mich verlegen, und dass es peinlich war, sahen andere genauso: Hinter mir hörte ich ein Kichern. Das kam von Klasie, und Dawie und Nico, die sich die Bank daneben teilten, stupsten sich verstohlen an. Sie hätten gerne losgeprustet, trauten es sich aber nicht. Juffrou Daniels war nicht nur nett, sie konnte wohl auch streng sein.

Danach hatten wir Mathe. Meneer van Zyls' verschlungenen Ausführungen über Teiler, Zähler und einen Haufen krummer Brüche folgte ich zehn Minuten, dann gab ich auf. Es war Nachmittag, als die Klingel endlich das Ende des ersten Schultags verkündete. Für meine Verhältnisse hatte ich mich durchaus annehmbar geschlagen. Zumindest hätte es weit schlimmer verlaufen können.

Ich zwängte mich eben mit Klasie, Nico und Dawie durch das Schultor, als das Mädchen neben uns stand. Die drei wichen sofort vier Schritte zurück, als könnten sie sich bei ihr mit einer unsichtbaren Krankheit anstecken. Das kümmerte sie wenig. Sie schlug mir auf die Schulter. „He, du sprichst wohl nicht mehr mit mir?“, sagte sie. „Haben dir das die drei Schlaumeier verboten?“ Ihr Kopf zuckte in Richtung Klasie, Nico und Dawie. Der Pferdeschwanz fauchte um ihre Schulter. „Darfst du nicht mehr sagen, was du denkst? Oder denkst du sowieso nichts?“

Ich wollte etwas erwidern. Doch selbst wenn ich gewusst hätte, was, kam ich zu spät. Sie war längst untergetaucht in der Menge der Schüler, die anstandslos beiseite schwappte, um sie durchzulassen, bloß um sich lückenlos hinter ihr zu schließen, kaum war sie durch. Wie einst die Ozeanwellen über den Zulukönig Makanda Nxele zusammenschlugen, als er von Robben Island fliehen wollte. Seltsam, dass mir das ausgerechnet jetzt einfiel. Ob es an der Art lag, wie sie ging? Oder vielmehr: wie sie *schritt*? Denn sie ging sehr aufrecht, den Kopf leicht in den Nacken gelegt, die Nase in der Luft. Hochnäsig sah das aus. Hochnäsig und stolz. Aber da war noch etwas, das sie nahbarer erscheinen ließ, sodass ich plötzlich dachte, ich müsste sie beschützen. Obwohl sie mich beleidigt hatte.

„Puh, was für eine unerträgliche *Babbelbekkie*“, stöhnte Klasie. „Donaldsons Tochter glaubt doch nicht ernsthaft, sie könnte es mit uns aufnehmen?“

Die drei lachten, Nico rau und dunkel, Klasie schief und blechern, während Dawies grelles Kichern wie eine schlecht gestimmte Flöte dazwischenkreischte. Ich hörte ihnen zu, es klang sehr gehässig, und ich begriff mit einem Mal, wie mir das Mädchen unter dem Birnbaum vor allen Dingen vorkam: trotzig. Alle waren gegen sie. Sie war gegen alle. Als trotzte sie der ganzen Welt.

UNSICHTBAR

Es gab Tage, da wachte man schon mies gestimmt auf und wusste nicht, warum. Als ich heimkam, blubberte die schlechte Laune in mir und ich wusste genau, woran das lag: Die Bemerkung des Mädchens unter dem Birnbaum, dass ich nicht für mich selbst dachte, hatte sich in mir festgebissen wie eine Zecke, und wenn ich sie nicht bald loswurde, saugte sie mich noch leer. Die gesamte Busfahrt hatte ich damit zugebracht, mir eine Antwort auszudenken. Mir war nichts eingefallen. Das machte es nicht besser, denn damit stimmte ich ihr zu: Ich dachte nicht für mich selbst. Ich knallte meine Tasche in die Ecke und mich selbst auf einen Stuhl am Küchentisch.

„Grüß dich, Baas! Wie war der Tag?"

Ich schreckte hoch. Am Herd stand eine Frau, der ich nie zuvor begegnet war. Trotzdem wusste ich augenblicklich, dass sie Mas neues Dienstmädchen sein musste. Denn die Frau war schwarz.

Schwarze hatte ich bisher nur wenige gesehen. Vielleicht hatte ich sie auch übersehen. Es gab zwar viele Schwarze in der Stadt, aber sie irrlichterten durch die Straßen wie jederzeit zu Diensten stehende, jedoch stets unsichtbare Geister, die all das erledigten, was wir Weißen nicht erledigen wollten: Sie räumten den Müll weg. Und den Einkauf ein. Sie jäteten Unkraut. Sie putzen Schuhe, Häuser, Kinderpopos. Sie wuschen Wäsche. Sie wuschen Autos. Glänzten die Autos, kutschierten sie ihre Herrschaft darin hin und her.

Auf Robben Island war ich jedenfalls nie einem Schwarzen begegnet. „Die Gefangenen dürfen keine Kinder sehen. Das ist streng verboten!“, hatte Pa erklärt, weil ich nicht einsah, warum ich mich hinter die großen Steine ducken sollte, als uns beim Angeln ein Trupp Gefangener entgegenstolperte. Die Männer hatten im eisigen Meerwasser Seetang gesammelt. Jetzt bellten die Wärter die Häftlinge zurück in die Zellen, während die Sjamboks ungeduldig gegen die Stiefelschäfte trommelten.

„Was glaubst du, wie viel dein Anblick diesen Leuten bedeutet?“, fragte Pa. Darauf wusste ich keine Antwort. Natürlich nicht. Was sollte schon sein an einem Knirps wie mir, dem vor Kälte der Schnodder aus der Nase tropfte? Pa hatte mich an der Schulter gefasst, mich dann umarmt, was mich erschütterte, denn so etwas tat er sonst nie. „Sie würden begreifen, dass das Leben weitergeht, auch außerhalb der engen Gefängnismauern. Es würde die Hoffnung in ihnen wecken, und Hoffnung ist das Letzte, das wir diesen Verbrechern machen dürfen. Verstehst du? Willst du einen Menschen besiegen, musst du ihm die Hoffnung nehmen. Dann gibt er auf!“

„Möchtest du einen?“ Die Frau angelte einen goldbraunen Vetkoek aus dem heißen Öl. Neben Koeksisters zählte Vetkoek eindeutig zu meinen Lieblingsspeisen. Ich wollte eben zugreifen, als mir Ma auf die Finger klopfte. Ich hatte nicht gehört, wie sie die Küche betreten hatte.

„*Pasop*! Untersteh dich!“ Mas Stimme klang frostig. „Nomsa“, sagte sie vorwurfsvoll, „ich habe dir doch erklärt, dass wir gemeinsam essen! Hendrik kann warten, bis sein Vater nach Hause kommt!“

„Verzeihung, Missus!“

„Deck jetzt den Tisch!“

„Natürlich, Missus, sofort!“ Die fremde Frau, die offenbar Nomsa hieß, knickste. Dabei zwinkerte sie mir zu, als ob sie mich bedauern würde. Dann räumte sie die Teller und Tassen aus dem Schrank und stellte sie auf den Tisch. Bisher war das meine Aufgabe gewesen. Allem Anschein nach hatten wir ab sofort sie dafür.

„Nun, Hendrik.“ Ma wandte sich zu mir. „Wie ist es dir ergangen in der Schule?“

Mütter sollte man nicht beunruhigen, das vergrößerte bloß die eigenen Sorgen. Darum berichtete ich Ma nur das Gröbste: Ich hatte ein paar Leute kennengelernt, niemand hatte den Schulbus mit Steinen beworfen, die Lehrer waren in Ordnung. Kein Wort vom Mädchen unter dem Birnbaum und der roten Gefahr.

Pa kam von der Arbeit. Er gab Ma einen Kuss, nahm Christie auf den Arm, nickte mir zu. Er zog die Uniform aus und hängte sie sorgsam auf einen Bügel. Morgen früh würde er sie wieder von dort herunterholen und glatt bügeln, bis es nicht mehr glatter ging. Wir setzten uns an den Esstisch aus Zedernholz. Christie hielt Estie auf dem Schoß. Nomsa stand daneben. In ihren großen Händen, denen ich ansah, dass sie schon vieles angefasst hatten und zupacken konnten, knetete sie ein Geschirrtuch.

„Missus, darf ich gehen?“

Ma sah Nomsa an, als wunderte sie sich, dass sie überhaupt noch da war. Dann wedelte sie mit der Hand. „In Ordnung, Nomsa. Den Abwasch kannst du morgen erledigen."

Nomsa neigte den Oberkörper leicht nach vorne. Es sah aus, als verbeugte sie sich. Leise zog sie die Tür hinter sich zu. Ich hörte kaum, wie sie das Haus verließ.

„Isst sie nicht mit uns?"

„Du liebe Güte, Hendrik!" Ma sah mich entsetzt an. „Was stellst du für Fragen?" Sie schielte zu Pa, als erhoffte sie sich Hilfe von ihm, aber Pa blätterte durch seine Zeitungen, wie er es jeden Abend machte. Ma musste mich alleine schelten. „Wo hast du deine Gedanken? Erst bedienst du dich schon vor dem Essen beim Essen. Dann fragst du, ob Nomsa mit uns isst. Oder denkst du gar nicht mehr?"

Das war bereits das zweite Mal an diesem Tag, dass jemand bezweifelte, ob ich dachte. Zunächst das Mädchen unter dem Birnbaum. Jetzt Ma.

Ma seufzte. Sie setzte ihren Ich-erkläre-es-dir-noch-einmal-auch-wenn-ich-es-ungern-mache-Blick auf. „Schwarze essen nicht mit Weißen. Das haben sie noch nie getan. Wo kämen wir denn hin, wenn Weiß und Schwarz an einem Tisch säßen? Das wäre ja noch schöner."

„Das werden sie auch niemals tun!" Pa legte die *Beeld* weg. „Nicht, solange Pieter Willem Botha regiert."

In meinem Kopf tauchte eine Frage auf, verschwommen wie im Nebel. Aber ehe ich sie zu fassen bekam, fegte Pa sie beiseite. „Lasst uns beten!", sagte er.

Wir falteten die Hände und senkten die Köpfe über die Teller. Ich hielt die Augen offen und starrte auf das blanke

Weiß unter mir. Es erinnerte mich an das Meer, das mir die Gedanken zurückgeworfen hatte wie in einem Spiegel, als wir von Robben Island aufs Festland übersetzten; Gedanken, die ich nicht hätte denken dürfen und doch gedacht hatte. Jetzt dachte ich Ähnliches. Denn wo kämen wir schon hin, wenn Nomsa mit uns am Tisch säße? Wieso sollte es nicht *schöner* sein? Nomsa hatte für uns gekocht. Ihre Hände hatten den Teig geknetet, den Vetkoek gefüllt. Sie hatte Teller und Tassen auf den Tisch gestellt, das Besteck danebengelegt. Aber essen durfte sie nicht mit uns? Irgendetwas knirschte daran, und je länger Pa betete und Gott pries für seine überwältigende Güte, die er gegenüber allen Menschen erwies, desto weniger leuchtete mir ein, weshalb die Trennung zwischen Schwarz und Weiß feststehen sollte wie eine Art Naturgesetz, das niemand hinterfragen durfte.

Ich wunderte mich selbst: Erst vor wenigen Tagen hatte ich Christie belehrt, dass Schwarze und Weiße sich nichts teilten, nicht einmal die Luft, die wir zum Atmen brauchten. Inzwischen war ich mir da nicht mehr so sicher. Ich schmunzelte. Immerhin konnte niemand mehr behaupten, ich dächte nicht. Ich hatte vielmehr das Gefühl, nie zuvor so klar gedacht zu haben wie jetzt. Das Mädchen unter dem Birnbaum würde staunen!

„Amen!", schmetterte Pa. Ma und Christie stimmten laut mit ein. Ich sah auf. Wir fassten uns an den Händen und wünschten einander einen guten Appetit: *Lekker eet*!

„Nun darfst du zugreifen, Hendrik", sagte Ma.

Das ließ ich mir nicht zweimal sagen.

MIT DER BIBEL UND DEM SCHWERT

Am Sonntag besuchten wir den Gottesdienst. Das hatten wir schon auf der Insel so gehalten. Der Gottesdienst gehörte zum Sonntagmorgen wie die Füllung in den Vetkoek. Nur war die Kirche der *Nederduits Gereformeerde Kerk* in Kapstadt um einiges größer als die winzige Kapelle auf Robben Island. In den Bänken saßen eine Menge mehr Menschen, und wenn sie *O heilige Gees, kom maak my nuut* oder *Ons Redding kom van ons God* sangen, dröhnte es durchs Kirchenschiff, als sauste der *Kapdoktor* vom Tafelberg.

Ein paar Reihen vor mir, eingezwängt zwischen seinen Eltern und Geschwistern, entdeckte ich Klasie. Er fuchtelte etwas, das ich nicht verstand, bis ihm sein Vater eine Kopfnuss verpasste und er wieder nach vorne sah, wo soeben der ehrwürdige Pfarrer schnaufend auf die Kanzel stieg. Vermutlich keinem *Braai* abgeneigt, zu dem ihn das ein oder andere Gemeindeglied regelmäßig einlud, trug er schwer an seinem Speck. Was ihn dazu zwang, nach jedem fünften Wort pfeifend nach Luft zu schnappen. Die Bibelstelle, die er heute auslegte, musste der Lieblingstext der niederländisch-reformierten Gemeinde sein. Vom Einzug der Israeliten ins Gelobte Land hatte ich schon derart oft gehört, ich hätte glauben können, die Bibel bestünde einzig aus dieser

Stelle. Im Vertrauen auf Gott, den Herrn, zogen die Israeliten ins Gelobte Land, denn Er, der Allmächtige und Barmherzige, – sein Name sei gelobt –, hatte es ihnen verheißen. „Und Gott hält, was ER verspricht!“, schnaufte der Pfarrer. „Denkt an unsere Vorfahren: *Die boer met sy bybel en sy roer* – der Bure mit der Bibel in der einen, dem Schwert in der anderen Hand!“

„Amen, Amen!“, schwappte eine Welle der Zustimmung durch die Gemeinde.

Durch den Zuspruch ermutigt, schwang sich der Pfarrer zu noch dröhnenderen Wortkaskaden auf. „Unter Andries Pretorius fochten 464 tapfere *Voortrekker* mit nichts als ihrem Glauben gegen 20 000 blutrünstige Wilde mit Speeren! Trotzdem besiegten sie Zulukönig Dingaan. Und warum? Weil Gott für sie stritt! Vergesst es nicht: Südafrika gehört uns.“

Ich schielte zu Ma. Die Begeisterung leuchtete in ihren Augen. Es fehlte nicht viel, sie hätte Beifall geklatscht, aber Applaus war unerwünscht im Hause des Herrn.

„Menschen sind wir alle, doch sollen wir uns absondern von den Söhnen und Töchtern Kanaans!“ Der Pfarrer holte tief Luft für einen letzten langen Satz. „Besetzt das Land, macht es fruchtbar, aber haltet euch fern von denen, die Gott verworfen hat, denn sie werden eure Diener sein!“ Er riss die Arme in die Höhe. Sein Talar flatterte um den wuchtigen Körper, als wollte er davonfliegen. „Im Namen des Herrn, der euch segnet: Amen.“

Als wir wenig später wieder im Wagen saßen, Christie schmollend neben mir, weil ich Estie beim Einsteigen aus Versehen leicht gedrückt hatte, hakte ich nach. Ich wollte verstehen, was der Pfarrer mit dem Bauern, der Bibel und dem Schwert gemeint hatte.

„Der Pfarrer hat schon recht“, brummte Pa. Er starrte angestrengt durch die Windschutzscheibe. Um diese Zeit glich der Vorplatz einem Ameisenhaufen, aus dem jeder gleichzeitig den Weg ins Weite suchte. Es war nicht leicht, der Kirche zu entkommen. „Du trägst die Bibel in der einen Hand. Sie ist die Richtschnur für dein Handeln. In der anderen aber schwingst du das Schwert, mit dem du dich gegen deine Feinde verteidigst, sie notfalls auch erschlägst.“

In meinem Zimmer stand auch eine Bibel. Ich hatte sie selbst ins Regal gestellt. Aber ich las nicht darin. Vielleicht war das ein Fehler. Andererseits besaß ich auch kein Schwert.

„Trägst du deshalb deinen Sjambok?“ Ich lehnte mich vor. Pas alter Ford veranstaltete einen Heidenkrach, wenn er im Standgas tuckerte. Pa schleuste ihn langsam aus der Parklücke, Zentimeter um Zentimeter.

„Du hast gut aufgepasst, Sohn!“, sagte er. „Aber ich erzählte ja schon, dass ich die Peitsche nicht gebrauche. Erst recht nicht für Mandela. Dazu ist er zu beherrscht. Und viel zu höflich. Selbst uns Wärtern gegenüber ist er unglaublich aufmerksam. Er erinnert sich an alles, was man ihm einmal erzählt hat. Letztens erst hat er sich sogar erkundigt, ob … Himmel, Heiliger van der Merwe, hast du keine Augen im Kopf?“ Ein eiliger Landrover hatte sich vorgedrängelt. Pa riss das Steuer herum. Der Ford schlingerte bedrohlich.

Danach schwieg Pa. Erst als er den Wagen auf die breite Ausfallstraße nach Tokai lenkte und in einen höheren Gang schaltete, griff er den Faden erneut auf. Allerdings verriet er nicht, wonach Mandela sich erkundigt hatte. Ich fragte auch nicht nach. Ich war bereits glücklich, dass Pa überhaupt mit mir sprach.

„Es ist merkwürdig mit Mandela. Er sagt auch seltsame Dinge. Neulich zum Beispiel. Als die schreckliche Autobombe 22 Menschen tötete. Ich habe ihn gefragt, wie er das verantworten kann, schließlich hat er *Umkhonto we Sizwe* gegründet. Er sah mich an, als würden ihn die Gedanken an jene Zeit des bewaffneten Kampfes weit weg bringen. Dann sagte er: Meine Waffe ist das Wort!"

„Meine Waffe ist das Wort? Das hat er gesagt?"

„Das hat er gesagt."

Worte konnten verletzen. Das wusste ich. Aber dass sie deshalb schon als Waffen taugten, bezweifelte ich stark. Außerdem ging es gar nicht, dass Mandela damit kämpfte. Pa ließ es nicht zu. „Du sorgst doch dafür, dass niemand mitbekommt, was er sagt?"

„Ja sicher, was glaubst du denn?" Einen Augenblick lang flatterte seine Hand über das Lenkrad. Er wirkte überrascht. „Selbstverständlich erfährt niemals jemand, was Mandela denkt."

„Hört endlich auf mit dem Gerede", schaltete sich Ma ein. „Ich will nichts mehr hören von diesem furchtbaren Menschen, zumal an einem Sonntag! Außerdem haben wir es eilig."

Ma würde es nie zugeben, trotzdem wussten wir alle, wie angespannt sie war. Dafür gab es einen Grund. Ma hatte Tante Miems zum Nachmittagstee eingeladen. Pa hielt das für keine gute Idee, aber Ma verfügte über einen ausgesprochenen Familiensinn. Sie bestand darauf. „Schließlich ist sie deine Schwester!"

„Gibt es etwas Süßes?" Christie wackelte mit ihrer Puppe. „Estie möchte auch naschen."

„Was würdet ihr sagen, wenn ich Koeksisters mache?"

Ein Jubelschrei erschütterte den Wagen.

„Allerdings ..." Ma hob eine Hand. „Koeksisters backen sich nicht von alleine, wie ihr wohl wisst. Den Teig habe ich schon gerührt. Aber ich muss ihn noch flechten. Danach frittieren. Dann ..."

„... in Sirup tunken!" Christie ließ Estie bis zur Wagendecke hopsen, als freute sich die Puppe ebenfalls. Dabei stimmte es: Ohne Sirup ging es nicht. Allein beim Gedanken an die vor Süße triefenden fettigen Zöpfe aus Teig lief mir das Wasser im Mund zusammen.

„Kann Nomsa das nicht erledigen?", erkundigte sich Pa. „Wozu haben wir sie denn?" Seit Nomsa bei uns arbeitete, hatte sie den gesamten Haushalt übernommen. Putzen, Waschen, Kochen, Einkaufen, alles lag in ihren niemals ruhenden Händen.

„Ich habe ihr freigegeben." Ma seufzte, als wäre ihr ein Unrecht widerfahren. „Auch Dienstmädchen dürfen gelegentlich Pause machen, nicht wahr?" Aber es klang wenig überzeugt.

Prompt setzte ich ein weiteres Fragezeichen auf meine Liste unbeantworteter Sachverhalte: Wenn selbst eine Meid Pause machen durfte von ihrer Arbeit wie andere Leute, die einer Arbeit nachgingen, hatte ein Dienstmädchen dann möglicherweise nicht ebenfalls eine Familie wie andere Leute auch, Menschen, zu denen sie zurückkehrte, wenn sie

Pause machten, Arbeit, Kinder und Pause, alles zugleich? Aber als ich Ma danach fragte, wusste sie nicht einmal, wie Nomsa weiter hieß. Nomsa war Nomsa, das musste genügen. „Oder möchtest du dir mit einem dieser grässlichen afrikanischen Namen die Zunge brechen? Sie sind so verschachtelt, dass man sie sich nicht merken kann. Wie sollte man sie da aussprechen können?"

Daheim bot ich Ma an, ihr in der Küche zu helfen. Ich hätte gerne meine Finger in den Teig getunkt. Doch sie scheuchte mich fort.

„Räum lieber dein Zimmer auf, Hendrik!", forderte sie. „Was soll Tante Miems sagen, wenn sie die Unordnung sieht?"

Ich stimmte ihr zu und räumte auf. Aber insgeheim dachte ich, was Tante Miems erst sagen würde, wenn sie die vielen Fragen in meinem Kopf sehen könnte. Und alle waren unbeantwortet.

EIN TERRORIST, ÜBER DEN MAN NICHT SPRICHT

„Geschafft!“ Ma hievte die letzte Koeksister auf einen Teller. Sie hatte die Zöpfe in so reichlich Sirup getränkt, dass ihre Hände klebten. Das erinnerte mich an das, was vom Ursprung des zuckrigen Gebäcks erzählt wurde: Die *Kapkolonisten* lernten es von ihren Sklaven kennen. Als diese ausnahmsweise einen Tag freibekamen, versuchte sich die Hausherrin allein in der Küche. Da sie aber weder die genaue Backdauer kannte, noch wusste, wie viel Mehl sie nehmen sollte, geriet der Teig hart wie Stein. Woraufhin sie ihn in einen See aus Sirup ertränkte, damit niemand sich die Zähne ausbiss.

Mir war das recht: Je süßer Ma die Koeksisters gemacht hatte, desto leckerer. Ich konnte es jedoch nicht herausfinden, denn Tante Miems wirbelte herein. Sie drückte Christie an sich, schmatzte mir einen Kuss auf die Wange und reichte Ma die Hand. Dann entdeckte sie Pa.

Pa lehnte am Esstisch, beide Arme aufgestützt wie in Erwartung gewaltiger Wogen, die sich über ihn ergießen würden. Und in der Tat: Schon sprudelte Tante Miems los.

„Gratuliere! Haben sie dich also nach Kapstadt versetzt.“

Tante Miems legte nicht einmal ihren Mantel ab. „Wegen Mandela, wie ich höre. Scheint ja ein ausgesprochen wichtiger Gefangener zu sein, den du da bewachst!"

Tante Miems glich einer aufgespannten Mausefalle. Es war gefährlich, ihr nahezukommen, und unmöglich, sie zu bremsen, ohne sich dabei zu verletzen. Pa versuchte es erst gar nicht. Er legte den Kopf schief und schloss die Augen, als lauschte er einer Melodie, die nur er vernahm. Vermutlich hatte er bereits als kleiner Junge eingesehen, wie aussichtslos es war, Tante Miems zu widersprechen.

„Findest du nicht, dass ihr einen verdächtigen Rummel um einen alten Mann veranstaltet? Warum sonst holt ihr ihn von eurer Insel, die ihr so liebt, weil sie euch das Aufpassen erleichtert?"

Tante Miems hüpfte um den Tisch herum. Sie streckte einen Zeigefinger aus wie eine piksende Stricknadel, dass ich Angst bekam, sie könnte Pa die Augen ausstechen. „Oder möchte die Regierung Mandela gar in ihrer Nähe haben, damit sie mit ihm reden kann, ohne dass es jemand mitbekommt? Was auf der Insel schwierig sein dürfte?"

„Gott behüte, Wilhelmina! Wie kannst du bloß etwas derart Abwegiges behaupten?" Der Einwurf kam von Ma. Vergeblich versuchte sie, ihre mit Sirup verklebten Hände an der Schürze abzuwischen. „Wir reden doch nicht mit ... Terroristen!"

Sie hauchte das Wort mehr, als dass sie es sprach.

Das überraschte mich nicht. Niemand in meiner Familie sprach das Wort Terrorist laut aus. Es war wie etwas Vergorenes. Nahm man es wider besseren Wissens dennoch in den Mund, führte es zu schlimmen Magenkrämpfen. Und ließ es sich durchaus nicht vermeiden, senkte man wenigstens die Stimme dabei. Wie es schien, galten unsere Familienregeln für Tante Miems jedoch nicht. Sie redete einfach weiter, sogar lauter als zuvor, als wollte sie das schlimme Wort noch betonen.

„Was haben eure sogenannten Terroristen denn verbrochen? Kommt schon, erklärt es mir!" Niemand antwortete. Tante Miems Frage stieg unter die Decke. Als kleine dunkle Gewitterwolke schwebte sie Unheil verkündend über unseren Köpfen, bis sich Tante Miems selbst die Antwort gab. „Das wisst ihr nicht? Dann erkläre ich es euch! Sie haben Fabriken in die Luft gesprengt, keine Menschen! In den Fabriken fertigen sie Dinge, die sie sich nicht leisten können. Wobei ihnen durch die Passgesetze ein Leben fernab von ihren Familien aufgezwungen wird und sie trotzdem nicht genug verdienen, weil sie ihr Geld umgehend wieder für den Erwerb der Pässe ausgeben. Darum hat Mandela 1960 seinen Pass verbrannt! Nicht, weil es ihm Spaß machte. Sondern weil er ein Gesetz ablehnt, das ungerecht und nicht lebbar ist."

Es sah aus, als fischte Tante Miems mit ihren Händen Sätze aus der Luft, die sie, zack, mit einer schnellen Armbewegung abwärts zerteilte, sobald sie ein Wort erwischt hatte. „Und, Brüderchen, hast du schon mal darüber nachgedacht, wie alle diese Gesetze entstanden sind? Jedes Mal, wenn es unserer Regierung in den Kram passte! Seit 1948 hat die Nationalpartei unter Premier Verwoerd über 200 Gesetze ausgeklügelt, um ihre Politik des Rassismus zu legitimieren. 1967 erließen sie den *Terrorism Act.* Da hast du deine Terroristen! Sind sie noch keine, macht man sie flugs mit dem entsprechenden Gesetz dazu! Und überhaupt: Nicht einmal eine vernünftige Unterkunft stellt man den Fabrikarbeitern. Und du wunderst dich, dass sie sich wehren?"

„Bitte, Miems, sei still! Denk an die Kinder!" Wieder versuchte Ma, Tante Miems zu bremsen. Dabei hatten Christie und ich der Unterhaltung, die keine war – schließlich redete nur Tante Miems – bisher ohne mit der Wimper zu zucken gelauscht.

„Aber gerade vor den Kindern müssen wir darüber reden!", rief sie jetzt. „Früher oder später sind sie es, die dieses Land verwalten und gestalten. Wie sollen sie das Unrecht, das den Schwarzen angetan wird, je verstehen, wenn wir nicht darüber sprechen?"

„Aber nicht in unserem Haus!" Pa hatte seinen Platz hinter dem Küchentisch aufgegeben. Er machte einen Schritt auf Tante Miems zu, schwankend wie auf einem Schiff bei hohem Wellengang. „Wir werden uns sowieso nie einigen. Du bist und bleibst eine unverbesserliche Kommunistin!"

„Du immer mit deiner Angst vor den Kommunisten!", schnaubte Tante Miems. „Bloß weil ich möchte, dass es allen Menschen gut geht, bin ich noch lange keine Kommunistin. Gerade du müsstest es verstehen. Du gehst doch jeden Sonntag in den Gottesdienst. Sogar deine Kirche hat anfangs nicht zwischen den Hautfarben getrennt. Das macht sie erst, seit sie 1829 die *Colour Bar* einführte."

„Ich bitte euch, hört auf!", versuchte es Ma erneut. „Schau, Miems, ich habe Koeksisters gebacken. Möchtest du vielleicht eine Tasse Tee?" Wie immer, wenn Ma nicht weiter wusste, wandte sie eine bewährte Taktik an: den Mund stopfen, bis jeglicher Einwand erstickt war.

Genauso gut hätte sie gegen eine Wand reden können. Tante Miems sah Ma nicht einmal an. „Wenn du mich eine Kommunistin nennst, Willem, machst du es wie Botha und seine Pappkameraden von der Nationalen Partei. Die Mär vom Feind, der euch überall bedroht, erfindet ihr doch nur, weil ihr euch bedroht fühlen *wollt*. Dann habt ihr einen Grund, euch gegen alles Mögliche zu wehren. Ohne Gegner kein Kampf. Eure Rede von der schwarzen, roten und römischen Gefahr ist der reinste Blödsinn. Dieses Land erstickt eines Tages noch an seinem eigenen Verfolgungswahn!"

„Das stimmt nicht, Miems!" Es verblüffte mich, dass Pa eine Gegenrede wagte. Aber hier war sie. „Botha hat recht. Es ist wichtig und richtig, dass er durchgreift. Die Townships stehen schon in Flammen. Jeden Tag begleiten Hendrik Polizisten zur Schule!"

Ich stand im Flur. Jetzt drückte ich mich enger an die Wand, als könnte ich darin verschwinden. Es war mir unangenehm, dass Pa mich in ihren Streit hineinzog wie einen Beleg für seinen Einwand. Aber Tante Miems zeigte sich wenig beeindruckt. Es entfachte ihren Zorn erst recht.

„Das ist genau meine Rede, Willem! Das Land brennt. Mit seiner Politik der Apartheid hat Botha Südafrika in eine Sackgasse manövriert. Und ich sage dir noch etwas: Tief in deinem Inneren willst du das alles gar nicht. Du bist die ganze Gewalt satt. Wärst du sonst Gefängniswärter geworden damals? Du hättest ja zum Militär gehen können wie die vielen anderen auch. Aber nein, lieber bewachst du Mandela im Gefängnis. Und warum? Nicht allein aus Feigheit, sondern weil du nicht auf Menschen einprügeln willst. Du merkst doch selbst, wie widersinnig die ganze Trennung ist. 20 Millionen Schwarze werden von 4 Millionen Weißen um alles beraubt, was dieses Land an Schönem und Gutem bereithält. In Läden. Auf Ämtern. In Zügen. Es gibt Toiletten für *Europeans Only und Non-Europeans Only*. Sogar die Strände zerschneiden Schilder: *White area, blanke gebied*. Wir sortieren Menschen wie andere Leute ihren Müll. Und wozu? Warum können wir nicht miteinander in Frieden leben? Ist denn nicht genug für alle da?"

„Miems, du weißt, dass das nicht geht!" Noch einmal mischte sich Ma ein. „Gott würde das nie zulassen. Es ist doch auch nicht unsere Schuld. Wir müssen nun mal auf die Schwarzen aufpassen. Uns um sie kümmern."

Einen Augenblick lang stierte Tante Miems Ma an, als sähe sie ein Gespenst. Dann schüttelte sie den Kopf. „Merkst du nicht, wie überheblich du klingst? Du redest über die Schwarzen, als wären sie hilflose Kinder! Aber es ist zwecklos, mit euch zu streiten. Und wisst ihr auch, wieso? Weil ihr diese ganze grässliche Apartheid *braucht*. Ohne sie wüsstet ihr nicht, wer ihr seid. Aber ihr merkt es nicht einmal." Sie drehte sich um und ging. Sie hatte die Koeksisters nicht angerührt.

Ich duckte mich noch tiefer in den Flur. Wenn Tante Miems zur Tür wollte, musste sie an mir vorbei. Aber sie wollte nicht vorbei. Dicht vor mir hielt sie an. Sie strich mir über die Wange. „Hendrik, du verstehst es, wenn du den Globus drehst. Die Welt ist rund. Es gibt kein Oben, kein Unten. Niemand ist besser als der andere. Alles rund. Alles eins." Sie beugte sich vor. Ich dachte, gleich schmatzt sie mir einen Kuss auf die Wange. Stattdessen flüsterte sie mir ein Wort ins Ohr, ich hatte es noch nie gehört: „Die Schwarzen wissen es, wenn sie *Ubuntu* sagen. Pass auf dich auf, Hendrik. Sieh hin. Denk nach!“

Die Tür fiel zu. Tante Miems war fort.

Tante Miems sagte oft wunderliche Dinge, über die ich lange nachdenken musste, bis ich sie verstand. Aber bei diesem Wort wusste ich sofort, dass ich seine Bedeutung niemals herausfinden würde, wenn sie es mir nicht erklärte. Ich wollte ihr nachlaufen, doch Pas Hand landete auf meiner Schulter.

„Zieh mal deine Tekkies an, Sohn“, sagte er, „wir spielen eine Runde Rugby!“ Wie immer, wenn Pa lächelte, aber innerlich vor Wut schäumte, hielt er Sport für einen wunderbaren Ausgleich. Er verbrenne überschüssige Kraft, sagte er, sonst würde er sich vielleicht prügeln. Von mir aus konnte Pa ungezählte Runden ums Haus hecheln und seine Wut mit dem Schweiß in die Erde sickern lassen, solange er das alleine tat. Die Unannehmlichkeit bestand darin, dass Pa leider zugleich ein tadelloser Vater sein wollte. Deshalb beharrte er darauf, dass wir seine Wut gemeinsam austobten, frei nach dem Vorsatz: Ich bewege mich, du bewegst dich, und obendrein machen wir etwas zusammen. Er hielt das für schlau. Ich hielt es für einen Irrtum.

„Denk nicht einmal dran und hol den Ball!“, knurrte Pa, als hätte er mein Zögern durchschaut.

Ich dachte nicht daran. Ich dachte an die Koeksisters, die auf dem Teller lagen und kalt wurden. Doch das Gebäck musste weiter auf mich warten.

DENKFABRIK

Du musst dem Ball mehr Schwung geben! Sonst wirbelt er nicht um die eigene Achse. Schau, so!" Pa schmetterte mir den Rugbyball zu. Meine Gedanken hingen jedoch bei Tante Miems merkwürdigem Wort. Ich passte nicht auf. Der Ball traf mich ungebremst in der Magengrube. Ich sackte auf die Knie und schnappte nach Luft.

Pa hastete zu mir. Seine Hand sauste auf meinen Rücken. „Alles in Ordnung?" Er beugte sich über mich. Sein Gesicht spiegelte Besorgnis. Gleich darunter aber lauerte etwas anderes. Seine Worte, die so fürsorglich klangen, konnten nicht verbergen, was er wirklich fühlte: In erster Linie war er empört.

„Geht schon wieder", japste ich.

Pa zog die Hand weg. „Es war doch nur ein schlichter Pass, Hendrik. Du könntest dich wenigstens bemühen!"

„Tut mir leid."

Ich hatte gehofft, meine Entschuldigung würde Pa besänftigen. Das Gegenteil traf zu. Als hätte meine halbherzige Abbitte eine Schleuse geöffnet, fing er mit einem Mal zu reden an, und mit jedem Wort, das mir entgegensprudelte, staunte ich mehr: Es ging gar nicht um mich. Pa sprach von Mandela!

„Mandela lässt sich nicht so hängen. Er trainiert jeden Tag! Das hat er schon auf Robben Island so gemacht, gleich nach dem Aufstehen, Hundert Liegestützen morgens um halb fünf, danach Bauchmuskeltraining, Laufen auf der Stelle, Klimmzüge am Fenster. Gitter zum Hochziehen gab es ja genug. 18 Jahre lang. Stell es dir vor, jawohl, stell es dir vor!"

Ich stellte es mir vor: Mandela, der in seiner winzigen Zelle auf der Stelle trabte, 18 lange Jahre, ohne anzukommen. Ohne voranzukommen. Oder war er doch vorangekommen? Immerhin trainierte er inzwischen in Pollsmoor. In einer Gemeinschaftszelle, in der es sogar Betten gab.

Plötzlich hielt Pa still, er sah mich an. „Er fragt übrigens nach dir."

Das hatte ich nicht erwartet.

„Er möchte wissen, ob du Sport treibst. Er fragt, ob du lernst. Lernen ist wichtig, sagt er. Lernst du, Hendrik?"

Ich war so verblüfft, dass ich das Pochen in der Magengrube vergaß. Danach hatte sich Mandela also erkundigt, ehe Pa im Auto verstummt war. Nelson Mandela fragte nach mir!

Pa hob den Ball vom Boden auf. Er warf ihn in die Luft. Fing ihn wieder auf. Die Hast war aus seiner Stimme gewichen. Er hatte den Faden gefunden, den er verloren hatte. „‚Bildung ist der Motor', sagt Mandela. Er wiederholt es ständig, nein, er hämmert es jedem ein, den er trifft. ‚Durch Bildung wird aus der Tochter eines Bauern eine Ärztin, aus dem Sohn eines Minenarbeiters deren Leiter, aus dem Kind eines Landarbeiters Präsident einer starken Nation.' Das sind seine Worte. Ich erinnere mich nur zu gut, wie er auf der Insel die anderen Häftlinge anregte, sich fortzubilden. Besonders diejenigen, die noch keine Ausbildung hatten, sollten Kurse belegen, Abschlüsse machen. Während sie im Gefängnis saßen, *weil* sie im Gefängnis saßen. Jetzt erst recht, hat Mandela gesagt. Und sie hörten auf ihn! Nie sahst du jemanden ohne Buch. Jeder gab an die anderen weiter, was er wusste. Es summte wie in einem Bienenkorb. Sie nannten es *Mandelas Universität.*" Pa schüttelte den Kopf. „Ein Gefängnis als Bildungsanstalt. Eine Denkfabrik! Das ging eine Weile so. Bis Botha sämtliche Vergünstigungen einstellte."

Ich stand wieder, wackelig zwar, aber Auge in Auge mit Pa, der seine Aufmerksamkeit nun ungeteilt auf mich richtete. „Du könntest auch studieren, Hendrik. Wenn du dich anstrengst. Dann bräuchtest du kein Gefängniswärter werden. So wie ich."

Das aber erschien mir völlig abwegig. Erstens lag ein Studium viel zu weit entfernt. Zweitens war ich dafür schlicht zu faul. Ich konnte schon froh sein, wenn ich Mathe überlebte und sich die Stunden bei Meneer van Zyl nicht zu einem echten Problem auswuchsen.

Aber da war noch etwas anderes: Nachdem Pas Redefluss versiegt war, wobei er mich nach wie vor angestrengt musterte, als erwartete er eine Antwort, könnte ich ihn fragen. Es gab so einiges, das ich gerne von ihm gewusst hätte. Ob es beispielsweise stimmte, was Tante Miems gesagt hatte: War er wirklich zu feige gewesen fürs Militär und nur deshalb Gefängnisaufseher geworden? Verabscheute er die Gewalt, obwohl er täglich den Schlagstock umschnallte? Das Mädchen unter dem Birnbaum hatte mir vorgeworfen, ich würde nicht für mich selbst denken. Aber wie war das mit Pa? Machte er sich seine eigenen Gedanken? Oder hielt er sich nur an das, was andere von ihm verlangten?

Doch die Gespräche zwischen Pa und mir ähnelten einer Einbahnstraße, und es war Pa, der die Richtung vorgab. Wie so oft.

„Lass uns gehen!“ Er legte mir die Hand auf die Schulter und schob mich zurück zum Haus. „Wir haben Ma schon zu lange mit den Koeksisters warten lassen. Sie wird schimpfen. Mal sehen, wie viele du vertilgen kannst!“

Mir blieb nichts anderes übrig, als meiner Liste unbeantworteter Fragen zwei weitere hinzuzufügen: War Pa feige? Und was bitteschön bedeutete Ubuntu?

ZWEI SEITEN

Ich hatte es schon in sämtlichen Lagen versucht. Ich hatte auf dem Rücken gelegen, auf dem Bauch, auf der Seite. Die Zeiger des Weckers krochen im Schneckentempo vorwärts. Sie zeigten auf weit nach Mitternacht. Schließlich setzte ich mich auf. Ich knipste den Globus an und drehte ihn, und während die Kontinente und Meere vorbeiglitten, schickte ich meine Gedanken ebenfalls auf Reisen. Ich dachte an das, was heute gewesen war.

Hatte Tante Miems recht und wir mussten das Unrecht der Apartheid erst entdecken, weil wir uns darin so eingeigelt hatten, dass wir es gar nicht bemerkten?

War Pa feige? Obwohl er Mandela bewachte, den gefährlichsten Verbrecher, den man in ganz Südafrika finden konnte?

Was überhaupt war Mut?

Und Mandela? Er hatte Fabriken in die Luft gesprengt und seinen Pass verbrannt. War er deshalb ein Terrorist? Die Passgesetze seien ungerecht, hatte Tante Miems behauptet, Mandela kämpfe lediglich um einen Platz zum Leben wie zig andere Schwarze auch. Hatten zwanzig Millionen Schwarze denn keinen Platz zum Leben in diesem Land?

Ich dachte an den Pfarrer, der auf die Kanzel schnaufte. Er predigte über Andries Pretorius, der den Zulukönig Dingaan am Blutfluss schlug, lange war es her, 144 Jahre, um genau zu sein. Zu guter Letzt überlegte ich, was Ubuntu bedeutete. Ich knipste den Globus aus und wühlte mich zurück unter die Bettdecke. Ich murmelte das fremde Wort vor mich hin, als könnte es mich von meiner Schlaflosigkeit erlösen. Ubuntu. Ubuntu. Ubuntu. Das tat es auch. Meine Augen klappten zu.

Ich träume.

20 000 Speerspitzen durchstechen den Himmel über dem Feld. Dingaan taucht vor mir auf. Er ist nur mit einem Lendenschurz bekleidet. In der Hand trägt er den *Assegaai*, den er nicht mehr schleudern kann, seit ihn sein Vorfahr Shaka von einer Wurf- in eine Stichwaffe verwandelt hat. Jetzt reißt er den Speer in die Luft. Seine Krieger brechen in ohrenbetäubendes Gebrüll aus. Sie stürmen los.

„Beeilt euch! Stellt die Planwagen in einen Kreis!“ Die Voortrekker gehorchen mir aufs Wort. Blitzschnell schließt sich der Ring aus 64 Ochsenkarren. „Feuer!“, brülle ich, und aus 472 Gewehrmündungen und 3 Kanonen prasselt das Blei. Dingaans Krieger stürmen geradewegs in den Kugelhagel. Sie fallen wie Gras, das ein unsichtbarer Schnitter niedermäht, während die Voortrekker schießen und nachladen, nachladen und schießen. Bis kein Krieger mehr steht. Sich die Erde unter den reglosen Körpern rot färbt, als erblühten sämtliche Zuckerbüsche gleichzeitig.

Ich schreckte auf.

Mein Schlafanzug klebte an mir. Ich war durch und durch nassgeschwitzt. Mein Kopf brummte. Ich hatte soeben eine weitere Ungereimtheit auf meine Liste ungelöster Fragen gesetzt: Man musste kein Mathematikgenie sein, um auszurechnen, dass eine aus der Ferne abgefeuerte Kugel ihr Ziel wesentlich schneller erreichte als ein Lanzenstich, den man nur aus nächster Nähe ausführen konnte. Zumal die Wagenburg, die Andries Pretorius einst aufstellen ließ, einen undurchdringbaren Schutzwall bildete.

Der Pfarrer hatte behauptet, die Schlacht am Blutfluss sei ein Wunder gewesen, es beweise eindeutig, dass Gott die Weißen bevorzuge. Was aber, wenn es lediglich auf technische Überlegenheit hinwies?

An Schlaf war nicht einmal mehr zu denken. Ich schlug die Bettdecke zurück und huschte in die Küche.

Der Kühlschrank musste erfunden worden sein, um schlaflose Gemüter wie mich in langen Nachtstunden wiederzubeleben, umso mehr als Ma ihn ausgiebig mit frischer Milch gefüllt hatte. Ich schenkte mir ein Glas ein und setzte mich an den Esstisch aus Zedernholz. Manchmal strich Ma gedankenverloren über seine Maserung. Diese erinnere sie an die Adern eines sehr alten Menschen, sagte sie dann. „Wie die Hand deines *Oupas*, Lief. Dein Großvater hat schon vieles gesehen. Das nennt sich Geschichte."

Jetzt dachte ich auch an Geschichte. Die Geschichte unserer Vorfahren, wie sie mir erzählt worden war. Am Blutfluss hatten sie Dingaan besiegt. Wir feierten es heute noch an jedem 16. Dezember, *Gelofdedag*, Gelöbnistag, alle Jahre wieder. Damals schworen die Voortrekker, Gott eine Kirche zu bauen und diesen Tag in alle Ewigkeit zu heiligen, falls sie siegten. Das wollten sie auch ihren Nachfahren einschärfen. Sie haben es so gründlich getan, dass ich selbst 144

Jahre später Christie darüber belehrte, ihren Platz niemals mit einem Schwarzen zu teilen.

Ich trank einen Schluck. Die Milch schmeckte süß. Ich schämte mich. Denn da war er wieder, der unangenehme Verdacht, dass das Mädchen unter dem Birnbaum recht hatte. Wie eine Kuh Gras wiederkäute, gab ich lediglich zum Besten, was ich von anderen hörte. Ich besaß keine eigene Meinung. Feige war ich obendrein. Kam sie in meine Nähe, schwieg ich. Weil ich befürchtete, Klasie, Nico und Dawie könnten mich ihretwegen schneiden. Freiheit sah vermutlich anders aus. Konnte Angst ein ähnlicher Gefängniswärter sein, wie es Pa war?

Durch die Dielen lief ein Knarren. Christie lehnte in der Tür, die Puppe fest unterm Arm. Geh zurück ins Bett, wollte ich ihr zurufen, aber wie ich sie dort stehen sah – zerbrechlich wie aus Porzellan, die Augen sehnsüchtig auf mein Glas Milch gerichtet – ging es nicht. Christie war wirklich noch klein. Die Flausen in ihrem Kopf hatten andere ihr eingepflanzt, ich zum Beispiel, als ich ihr an Bord der South Star die Dinge des Lebens erklärte, als hätte ich die ganzen Regeln ausgedacht. „Magst du auch ein Glas Milch?“, fragte ich.

Christies Augen wurden groß – und noch größer, als ich ihr einschenkte, randvoll.

„Setz dich“, sagte ich. Christie rutschte auf einen Stuhl mir gegenüber. Wir nippten stumm an unseren Gläsern, warfen uns ab und an einen Blick zu und lauschten auf die Stille, die sich um uns legte wie ein wärmender Mantel, einzig unterbrochen vom Ticken der Uhr, die mittlerweile auf vier zeigte. Bald würde Nomsa kommen und das Frühstück richten. Zum ersten Mal fragte ich mich, wo sie wohnte, wann sie aufstand, damit sie pünktlich bei uns ankam. Ich wusste so vieles nicht. Weder über sie noch von anderen Dingen. Ich hatte auch nie nachgefragt.

Im Anbetracht von Christies großen Augen, dem Bart aus Milchschaum, der um ihre Oberlippe schimmerte und der schlummernden Puppe in ihrem Arm beschloss ich, dass sich das ab sofort ändern würde. Ich wollte meine Fragen nicht länger in meinem Kopf verstauen wie in einer Kammer, in der das Gerümpel allmählich überhandnahm, bis man nichts mehr darin fand. Ich würde sie stellen. Vielleicht nicht sofort Pa. Aber Nomsa. Und dem Mädchen unter dem Birnbaum. Gleich morgen wollte ich sie fragen, wie sie hieß.

Unsere Gläser waren leer. Christie gähnte.

„Leg dich wieder hin", sagte ich. „Ich gehe auch ins Bett."

Christie glitt so anstandslos vom Stuhl, dass es mich überraschte, und war beinahe aus der Tür, als ich aufstand und sie an mich drückte, eine feste geschwisterliche Umarmung mitten in der Nacht – ich wusste selbst nicht, warum ich das machte.

„Estie auch!" Christie hielt mir die Puppe hin, und ich hauchte der Puppe einen flüchtigen Kuss auf die Stoffwange. Vermutlich war ich völlig übermüdet und nicht länger zurechnungsfähig.

„Schlaf gut!"

„Du auch, Hendrik!"

Ich sah ihr nach, wie sie im Nachthemd durch den Flur flatterte schemenhaft wie ein Gespenst. Als hätte ich alles nur geträumt.

In meinem Zimmer legte ich mich nicht ins Bett. Ich knipste das Licht an und stöberte durch meine Bücher. Da ich nur drei besaß, fand ich sofort, was ich suchte. Eine dicke Staubschicht umwölkte Tante Miems *Südafrikas Schillernde Seiten*. Ich pustete sie fort und setzte mich im Schneidersitz auf mein Bett. Jedes Buch enthielt mehrere Seiten, und mit den Geschichten, die es barg, verhielt es sich in aller Regel ebenso. Mindestens zwei davon wollte ich morgen erzählen können. Ich las.

ROTBUSCHTEE

Und also starb Andries Pretorius nach mancherlei Schlacht am 23. Juli 1853 auf seinem Gut in den Magaliesbergen. Zwei Jahre später gründete sein Sohn Pretoria, eine unserer Hauptstädte. Martinus Wessel nannte die Stadt nach seinem Vater. Immerhin hatte Pretorius die Zulus am Blutfluss besiegt. Außerdem führte er die burischen Widerstandskämpfer gegen die britische Besatzung Durbans an. Als die Briten Verstärkung erhielten, zog er sich allerdings nach Pietermaritzburg zurück. Von dort bemühte er sich um eine diplomatische Einigung mit dem Gegner."

Ich hob die Hand.

„Hendrik?" Juffrou Daniels stellte ihr Wippen ein. Sie blickte mich verwundert an. „Möchtest du uns etwas mitteilen?"

Ich räusperte mich, doch es gab kein Zurück. „Ich frage mich", stotterte ich, „ich frage mich, ob es wirklich solch ein Verdienst war. Ich meine, die Schlacht am Blutfluss."

Im Klassenzimmer wurde es augenblicklich still, als hielten alle gleichzeitig die Luft an. Ich versuchte, nicht darauf zu achten, und klammerte mich an die Zahlen, die ich in der Nacht gelesen hatte. Es waren eine Menge. „472", sagte ich.

Juffrou Daniels zog eine Augenbraue hoch. „So viele Gewehre hatten die Buren. Damit kämpften sie gegen Dingaan. Dingaans Krieger trugen 20 000 Speere. Aber es waren keine Wurfspeere, sondern Stichwaffen. Die Voortrekker besaßen zudem drei Kanonen. Eine von ihnen hatte Pretorius vom Schiff der Kapholländer auf den großen Treck mitgenommen. Er nannte sie Grietjie."

Ich hatte kaum geschlafen. Man hätte Streichhölzer unter meine Lider klemmen können, aber jetzt geriet ich in Fahrt. „Grietjie neigte dazu, hintenüberzukippen, sobald man sie abfeuerte. Einmal zerbrach dabei ihre Schnauze. Pretorius ließ sie durch Teile eines Eisenrades ersetzen. Selbst im Zweiten Burenkrieg kam Grietjie noch zum Einsatz. Diesmal kämpfte sie gegen die Engländer. Sie war eben eine langlebige Kanone, einfach nicht totzukriegen."

Durch die Klasse ging ein Murmeln.

„Erstaunlich", sagte Juffrou Daniels. „Woher weißt du das alles?"

„Ich ... äh ... ich habe es gelesen."

Das Murmeln schwoll an. Juffrou Daniels federte zu mir. Ihre Fingerspitzen trommelten auf mein Pult wie Regentropfen.

„Wenn du so viel gelesen hast, Hendrik Dippenaar, wirst du mir gewiss auch sagen können, wie es zum Zweiten Burenkrieg kam. Afrikaner bevorzugen übrigens den Ausdruck *Zweiter Freiheitskrieg*."

Auch darüber hatte ich gelesen. „Die Engländer entdeckten die Gold- und Diamantenminen in den freien Burenrepubliken Transvaal und Oranje Freistaat", sagte ich. „Ich schätze, die wollten sie haben."

„Ganz genau." Juffrou Daniels zog die Finger vom Pult. Sie hüpfte zurück vor die Tafel. „Es kam zum Krieg, bei dem die Briten die Taktik der verbrannten Erde einsetzten. Wisst ihr, was das ist? Nein, nicht?" Juffrou Daniels forschte in unseren Gesichtern. „Die Briten zerstörten sämtliche Felder der Buren. Sie verbrannten die Farmen, und jeden, den sie nicht töteten, steckten sie in eines ihrer Konzentrationslager, vor allem Frauen und Kinder, weil die Männer entweder noch kämpften oder schon tot waren. Rund 120 000 Buren wurden eingesperrt, über 26 000 sollen an Hunger und Krankheiten gestorben sein. Die Lebensbedingungen in den Lagern waren katastrophal."

Juffrou Daniels nahm ein Stück Kreide. Sie zeichnete einen Kreis in die Mitte der Tafel. Um den Kreis legte sie einen weiteren Kreis, darum zog sie noch einen. Die Kreise wurden immer mehr und ausladender, bis sie die gesamte Tafel füllten wie Ringe in einem Teich, nachdem ein Stein hineingefallen war. „Gewalt zieht Gewalt nach sich, und ein Unrecht, das wir rächen, bringt neues Unrecht hervor."

Juffrou Daniels stockte. Sie sah zum Fenster. Vermutlich betrachtete sie den Birnbaum, der von all den verwirrenden Dingen unbewegt in seiner Ecke stand, wer wusste schon, wie lange? Dann ging ein Ruck durch ihren Körper. Sie hatte sich entschieden.

„Vom Aufstand in Soweto habt ihr aber schon gehört, nicht wahr?"

Wieder meldete sich keiner.

„Damals wart ihr noch ziemlich klein, vielleicht wisst ihr deshalb nichts?", wunderte sich Juffrou Daniels. „Nun, dann erzähle ich euch davon. Im Wesentlichen ging es darum, dass sich schwarze Schulkinder wehrten, die höheren Klassen nur in Afrikaans ablegen zu dürfen. Sie gingen auf die Straße. Die Polizei hat auf sie geschossen. Viele starben. Das geschah am 16. Juni 1976."

Es war, als verliehe ihr der vertraute Platz vor der Tafel Sicherheit. Sie straffte die Schultern. „Übrigens haben die Engländer ebenfalls mit Hilfe der Sprache unterdrückt. Redeten Kinder Afrikaans, mussten sie sich Schilder um den Hals hängen. Darauf stand: ‚Ich bin ein Esel, ich spreche Afrikaans.' Die Engländer betrachteten Afrikaans als Sprache der Dummen. Da kann man durchaus verstehen, dass die Afrikaner, kaum kamen sie selbst an die Macht, ihre Sprache so rasch wie möglich in allen Lebensbereichen als Amtssprache durchsetzten. Wie einem ebenfalls einleuchten mag, dass die schwarzen Schulkinder auch nur auf das Recht auf ihre eigene Sprache pochten, als sie gegen Afrikaans protestierten. Jedenfalls leuchtet es ein, wenn man ein bisschen nachdenkt."

Ich wusste nicht, wie es ihr geglückt war. Aber sie hatte zielstrebig einen Bogen gespannt von den Konzentrationslagern der Engländer vor achtzig Jahren hin zum Soweto-Aufstand, der keine sechs Jahre zurücklag. Von diesem Aufstand hatte ich so gut wie nichts mitbekommen. Die Rede von den streikenden Schulkindern war zu mir gerumpelt wie Donnergrollen am Horizont. Es klang zwar ein wenig unheimlich. Trotzdem blieb es weit genug entfernt, als dass es mich ernstlich beunruhigt hätte. Soweto lag darüber hinaus fernab im Norden. Der Stadtteil von Johannesburg, dessen Namen sich aus den Anfangsbuchstaben für South

Western Townships zusammensetzte, hatte mit meinem Leben auf der Insel nichts gemein. Pa hatte etwas von Schüssen auf Kinder gebrummelt. Ma hatte geschwiegen, wie sie es immer tat, wenn ihr etwas unangenehm wurde. Nur an den Streit mit Tante Miems erinnerte ich mich gut. Sie hatte sich nicht besänftigen lassen wollen, und so kam mir jetzt einzig ihr aufgeregtes Rudern mit den Armen in den Sinn, als Juffrou Daniels vom Aufstand in Soweto erzählte. Meinem nächtlichen Vorsatz folgend meldete ich mich. Ich wollte meine Wissenslücke stopfen. Doch es klingelte.

In den aufbrodelnden Lärm forderte Juffrou Daniels noch einmal Ruhe und bekam sie auch. „Hendrik hat ein paar spannende Fragen aufgeworfen. Es kommt auch darauf an, *wer* uns etwas erzählt“, sagte sie. „Ich möchte, dass ihr darüber nachdenkt. Verfasst bitte einen Aufsatz über Südafrikas Geschichte. Schildert mir eure Sicht der Dinge. 500 Wörter sollten es mindestens werden. Zählt sie nach. Danke und auf Wiedersehen!“

In jeder Tragödie gab es einen Punkt, an dem die Handlung umschlug, man nannte das *Peripetie*. Der Held hatte mühsam einen Berg erkeucht. Nun ging es nur noch abwärts: Unweigerlich und schonungslos rutschte er dem eigenen Verderben entgegen. Ich musste nicht hellsehen können, um zu begreifen, dass ich in dem Theater namens Schule soeben zur Zielscheibe des geballten Klassenärgers geworden war.

„Mann, was war das denn?“ Klasie, Dawie und Nico hatten sich wie ein Bollwerk vor mir aufgebaut, als ich in den Pausenhof schlüpfen wollte. Klasie funkelte mich an. „Was faselst du da für einen Quatsch von Kanonen und Speeren, die nicht zum Werfen taugen? Jetzt müssen wir auch noch einen Aufsatz schreiben! Nur wegen dir!“

„Entschuldigung“, murmelte ich, „ich habe es eilig!“ Ich kramte nicht mal die Thermoskanne mit dem Rotbuschtee aus meiner Schultasche, obwohl ich nach der anstrengenden Geschichtsstunde ziemlich durstig war, und zwängte mich an den Dreien vorbei in den Pausenhof.

Das Mädchen lehnte unter dem Birnbaum. Ich atmete erleichtert auf, als hätte ich befürchtet, sie wäre in der Zwischenzeit davongeflogen.

„He, du“, sagte ich.

„He, du“, sagte sie.

Ich lehnte mich neben sie, ein paar Zentimeter Rinde zwischen ihrer Schulter und meiner Schulter, Zentimeter, die zu knistern anfingen. Ich musste sie rasch fragen, sonst überlegte ich es mir womöglich anders.

„Wie heißt du eigentlich?“

„Rhoda“, sagte Rhoda. Als wäre nichts dabei.

„Aha, Rhoda“, wiederholte ich und fragte einfach weiter, um nicht aus dem Schwung zu geraten. „Habt ihr zu Hause auch ein Dienstmädchen?“

„Ein Dienstmädchen?“ Rhoda rutschte ein bisschen vom Baum weg. Sie sah mich verwundert an. „Wo denkst du hin? Bei uns schwitzen Schwarze nicht in der Küche. Sie planschen im Pool.“

„Zusammen mit euch?“ Ich musste entsetzt geklungen haben, denn der Blick, den sie mir zuwarf, verengte sich. Dann sah sie wieder geradeaus, wo Klasie, Dawie und Nico in einem Kreis zusammenstanden und miteinander tuschelten. Eine Weile schwiegen wir, bis sie wieder anfing. „Aber *ihr* habt bestimmt ein Dienstmädchen", sagte sie. „Wenn dein Vater Mandela bewacht, verdient er vermutlich ganz ordentlich."

Mandela war mein Stichwort!

„Was weißt du über Mandela?", fragte ich.

„Och, nur dies und das. Nicht allzu viel, nur ein paar Worte. Bevor er verhaftet wurde, hat er zum Beispiel gesagt: ‚Was können sie uns tun? Wenn sie uns ins Gefängnis werfen, wer wird dann ihr Essen kochen, ihre Kleidung waschen, ihre Minen ausräumen?'"

Ich fragte mich, ob sie sich über mich lustig machte. Aber sie redete schon weiter. „Außerdem ist er Anwalt."

„Anwalt?"

„Ja, Mandela hat Jura studiert. Oder hast du gedacht, Schwarze erledigen nur billige Handlangerdienste für Weiße? So, wie du es von deinem Dienstmädchen gewohnt bist?"

Ich schluckte. Obwohl ich mir keiner Schuld bewusst war, fühlte ich mich plötzlich schuldig.

„Tu doch nicht so", bohrte Rhoda nach. „Was weißt du schon über sie? Wie heißt sie? Wo wohnt sie? Hat sie Kinder?"

Rhoda legte den Finger in die Wunde. Genau das war mir ja in der Nacht klar geworden war. Ich wusste so wenig. „Sie heißt Nomsa", murmelte ich. „Mehr weiß ich nicht von ihr."

Ich hatte angenommen, Rhoda würde die Nase über mich rümpfen, aber sie zuckte bloß mit den Schultern: „Wenn du es nicht weißt, könntest du sie fragen."

Es klang so einfach. Und war doch so schwer.

Wieder schwiegen wir. Der Wind raschelte durch die Blätter. Mir war, als wisperten sie eine Geschichte. Sie begann vor über 300 Jahren: Am 6. April 1652 setzt der niederländische Kaufmann und Schiffsarzt Jan van Riebeeck das erste Mal seinen Fuß auf den afrikanischen Kontinent. Im Auftrag der Niederländischen Ostindien-Kompanie soll er am Kap der Guten Hoffnung einen Garten anlegen, damit es den Reisenden auf ihrer Weiterfahrt nach Indien an nichts fehlt. Neben Trinkwasser brauchen sie vor allem Obst und Gemüse, denn Vitamine wachsen nicht auf dem Meer. Das Erste, was van Riebeeck pflanzen lässt, ist ein Birnbaum.

Noch heute wuchs er krumm und knorrig im Company's Garden in Kapstadt. Ich könnte hinfahren und ihn bestaunen. Stattdessen stupste mich Rhoda an. Ich schreckte hoch.

„Hast du was gesagt?"

Rhoda grinste. „Und ob! Ich habe dich gefragt, ob du nach der Schule zu mir kommst. Du. Zu mir. Nach Hause. Träumst du?"

Ein Aststumpf bohrte sich zwischen meine Schulterblätter. Ich rückte weg vom Stamm und überlegte rasend schnell. Rhoda zu besuchen lockte mich. Es lockte mich sogar sehr, bedeutete jedoch gleich zweierlei, das wusste ich ebenfalls sofort: Erstens verpasste ich dadurch den Bus, der mich vorbei an der *aufgebrachten Meute*, wie Pa die Schwarzen nannte, unter Polizeischutz wohlbehütet heimbrachte. Damit war aber jetzt schon, zweitens, abzusehen, dass ich Ma erboste, ganz zu schweigen von dem Ärger, den ich mir von Pa einhandelte, wenn er am Abend von meinem Abenteuer erfuhr.

Auf der anderen Seite des Schulhofs steckten Klasie, Nico und Dawie die Köpfe zusammen. Sie zeigten zu uns und kicherten.

„Einverstanden“, sagte ich, „ich komme zu dir!“

„Schön!“, lächelte Rhoda. Ihr Lächeln hing schief in ihrem Gesicht, und ich fand, es passte gut zu diesem Tag, der mitten in der Nacht begonnen hatte und anders enden würde als die Tage zuvor, denn ich besuchte ein Mädchen, dessen Vater im Gefängnis saß. „Ich warte vor dem Tor auf dich.“

Es klingelte und wir trennten uns. Im Klassenzimmer standen Klasie, Dawie und Nico bereits tuschelnd in der Ecke. Gleich hatten wir Mathe bei Meneer van Zyl. Ich kramte in der Schultasche nach dem Mathebuch. Meine Hand fasste ins Nasse. Meine Thermoskanne war leer, die Bücher schwammen in Tee. Ich drehte mich um. Klasie warf die Arme hoch in einer Geste gespielter Hilflosigkeit. Er grinste breit und zuckte die Achseln. Als wäre das nicht genug, ließ Cooper auch noch eine Klassenarbeit schreiben. Das Blatt, das er austeilte, enthielt die kniffligsten Brüche, die mir je begegnet waren. Ich hatte nichts gelernt und nichts begriffen. Weshalb jetzt schon feststand: Auch das konnte nur mit einem Reinfall enden.

AUFSTAND

Deine Bücher legen wir am besten draußen in die Sonne!" Rhoda schloss die Haustür auf. „Du wirst sehen: Bei der Hitze trocknen sie im Nu."

Am Esstisch saß eine Frau. Sie war sehr schmal, sehr dünn, fast hager. Den Kopf hielt sie in die Hände gestützt. Blass, mit Ringen unter den Augen, starrte sie ins Leere, blickte aber freudig auf, als sie uns hereinkommen hörte.

„Hallo, Rhoda, Darling, schön, dass du wieder da bist! Oh, du hast auch jemanden mitgebracht? Wie nett!"

Rhodas Mutter reichte mir die Hand. Es überraschte mich, wie fest sie zupackte. „Ich bin Karen", sagte sie, und ich konnte mir den Gedanken nicht verkneifen, dass so eine Frau aussah, deren Mann im Gefängnis saß.

„Bedauerlicherweise ist mein Mann nicht da", sagte sie prompt „Er hätte dich sicher gerne kennengelernt. Aber Botha hat ihn eingesperrt. Da geht es leider nicht. Wie heißt du denn?"

„Hendrik, Madam, Hendrik Dippenaar."

„Schöner Name, und sag Karen zu mir. Ich koche euch gleich einen Tee und bringe ein paar Kekse."

„Danke, Ma", sagte Rhoda. „Kann ich einen Lappen haben? Hendriks Bücher sind nass geworden. Wir legen sie an den Pool."

„Heute hat es aber nicht geregnet!" Rhodas Mutter zog die Augenbrauen hoch.

„Manchmal geschehen merkwürdige Dinge", sagte Rhoda, woraufhin ihre Mutter zustimmend den Kopf wiegte.

Wir gingen in den Garten. Ich kramte meine Bücher aus der Schultasche und legte sie an den Beckenrand. Rhoda betupfte die Flecken behutsam mit dem Lappen.

„Den Rest überlassen wir der Sonne!", sagte Rhoda und musterte ihr Werk. „Vermutlich bleiben ein paar Ränder zurück. Das ist dann wie mit Narben. Manche behaupten, die Zeit heilt jede Wunde. Aber das ist Quatsch. Komm, ich zeige dir mein Zimmer!"

Rhodas Zimmer war vollgestopft mit Büchern. „Liest du die etwa?", staunte ich.

Rhoda verpasste mir einen Knuff. Es war schon der zweite an diesem Tag. Wenn sie so weitermachte, würde ich noch mit blauen Flecken übersät sein. „Bücher sind doch nicht zum Abstauben da!"

Es verging ein langer Augenblick, in dem niemand ein Wort sagte.

„Deine Ma ist nett", meinte ich schließlich. Etwas Geistreicheres fiel mir nicht ein. Dabei war es nicht gelogen. Die zarte schmale Frau, die so kräftig zupackte, hatte mich beeindruckt.

„Stimmt, Ma ist nett", sagte Rhoda. „Aber sie ist auch traurig. Hast du gesehen, wie dünn sie ist?"

„Liegt das daran, dass dein Pa im Gefängnis sitzt?" Ich hatte es nicht sagen wollen. Doch dazu war es schon zu spät.

Es schien Rhoda nicht zu stören. Sie wirkte eher erleichtert, dass ich aussprach, was zwischen uns in der Luft hing, seit ich ihrer Ma die Hand geschüttelt hatte. Sie erzählte auch gleich weiter. „Jeden Tag fährt Ma zum Gefängnis. Sie lässt nichts unversucht. Wartet Stunden, ob sie Pa etwas bringen darf. Eine Decke. Ein Buch. Manchmal klappt es. Meistens nicht. Aber frei bekommt sie ihn nie. Und das wird so lange weitergehen, bis sie ihn entlassen."

„Wann, glaubst du, wird das sein?" Kaum hatte ich die Frage gestellt, merkte ich, wie dumm ich klingen musste. Aber Rhoda ließ sich nichts anmerken.

„Gefängnis in Südafrika bedeutet nicht, dass es ein ordentliches Verfahren gibt, wie du dir das vielleicht vorstellst", erklärte sie. „Sie verhaften dich und sperren dich weg. Einfach so. Manchmal weiß niemand, wo du steckst, und das können sie neunzig Tage lang so machen. Sie brauchen nicht einmal einen Haftbefehl dazu. Danach lassen sie dich frei. Vielleicht steht Pa morgen vor der Tür. Vielleicht erst in fünfundsechzig Tagen, denn ich zähle jeden Tag, seit er weg ist. Aber wer weiß, ob sie ihn an dem Tag nicht sofort erneut einsperren? Und so geht es immer weiter. Neunzig Tage Haft. Eine Stunde frei. Wieder Haft. Neunzig Tage. Neunzig Nächte."

Rhoda ging zum Fenster. Ich stellte mich neben sie. Meine Bücher dampften in der Sonne neben dem Schwimmbecken, in dem auch Schwarze badeten. Jetzt planschte niemand darin, kein Schwarzer, kein Weißer, weder Coloured noch Inder. Nicht einmal eine Quietscheente. „Es ist ruhig geworden bei uns", sagte Rhoda, als könnte sie meine Gedanken lesen wie ihre Ma zuvor. „Niemand besucht uns mehr, seit sie Pa verhaftet haben. Ich vermisse unsere Freunde, auch wenn ich verstehe, dass keiner kommt. Es ist einfach zu gefährlich. Der NIS hat sicherlich ein scharfes Auge auf unser Haus geworfen."

„Der NIS? Du meinst ...?" Unwillkürlich stolperte ich einen Schritt vom Fenster weg. Denn es stimmte nicht, dass niemand kam. Ich war jedenfalls da. Auch wenn ich keine Ahnung hatte, wen sie mit NIS meinte. „Wer um alles in der Welt ist der NIS?", fragte ich kummervoll.

„National Intelligence Service", sagte Rhoda nüchtern, als wäre sie eine Nachrichtensprecherin, die völlig unbeteiligt die schlimmsten Meldungen vorlas. „Unser Nachrichtendienst. Du weißt wohl nicht besonders viel?"

Damit hatte Rhoda zweifellos recht. Darum konnte ich genauso gut weiterfragen. „Was für Nachrichten denn?"

„Alles Mögliche. Was sie für bemerkenswert halten, was ihnen auffällt. Informationen eben. Falls sich beispielsweise jemand ins Haus eines Staatsfeindes begibt."

Sie grinste, aber mein Herz machte einen Sprung. „Dann weiß der NIS also, dass ich hier bin?"

„Hendrik, in was für einer Welt lebst du nur?" Rhoda pustete ihr Pony aus der Stirn. „Südafrika ist doch kein Regenbogenland für Sonntagsspaziergänger, sondern ein Überwachungsstaat. Das hast du vielleicht bisher nicht bemerkt, weil du mit dem Strom geschwommen bist. Du warst brav, hast dich angepasst. Hörst du aber damit auf, spürst du es bald selbst: Hier wird scharf darauf geachtet, dass niemand aus der Reihe tanzt. Das gilt im Übrigen für Schwarze wie für Weiße."

Es war zwar eine Erklärung, aber sie beruhigte mich

nicht. Im Gegenteil. Ehe ich in Schnappatmung verfiel, versuchte ich es mit Vernunft. Das hatte mir Tante Miems geraten. „Hendrik“, hatte sie gesagt, „halt dich an die Tatsachen, wenn du dich aufregst!“ Ich bin nicht in Gefahr, sagte ich mir deshalb, ich weiß nur nicht besonders viel. Ich wiederholte es dreimal. Dann noch ein viertes Mal. Nichtwissen erzeugte Unruhe, weil man sich dann das Schlimmste ausmalen konnte. Schlimm. Schlimmer. Weltuntergang. Genau darum musste ich jetzt weiterfragen.

„Hat dein Vater“, sagte ich, „ich meine, hat er auch Bomben gebastelt? Wie Mandela?“

An der Wand stand ein schmales blaues Sofa. Rhoda setzte sich darauf. Sie schloss die Augen. Mir fiel auf, wie bleich sie aussah mit dem braunen Haar, das ihr Gesicht umrahmte wie ein dunkler Heiligenschein. Nur war sie sicher keine Heilige. Sie klappte die Augen wieder auf. Ich hockte mich neben sie.

„Nein, Hendrik“, sagte sie. „Mein Vater ist Anwalt. Er hilft anderen Menschen, dass sie ihr Recht erhalten. Mandela hat anfangs auch nichts anderes gemacht, und später, als er dem Widerstand beitrat, zündete er Bomben gegen Fabriken, nicht gegen Menschen.“

Das hatte auch Tante Miems gesagt.

Es klopfte an der Tür. Rhodas Ma balancierte ein Tablett mit Keksen und Tee herein. Sie stellte es auf einem kleinen Tisch vor dem Sofa ab.

„Danke, Ma!“

„Soll ich eingießen?“ Ohne eine Antwort abzuwarten, goss sie Tee in dünnwandige Tassen aus Porzellan. Ich sah, wie der weiße Dampf in der Luft zerwaberte, und mit dem

Dunst lösten sich auch meine Zweifel auf. Als könnte ich den beiden alles sagen.

„Heute hat jemand Tee über meine Bücher gekippt“, erzählte ich. „Ich habe im Geschichtsunterricht gefragt, ob die Schlacht am Gelöbnistag vielleicht gar kein so großes Wunder war, wie alle immer behaupten. Vielleicht lag es eher an technischer Überlegenheit.“

„Da warst du aber mutig!“ Rhodas Ma sah mich nachdenklich an. Dann zeigte sie zum Fenster in den Garten. „Nun trocknen deine Bücher in der Sonne. Das ist ein guter Platz. Die Sonne macht keine Unterschiede. Sie scheint über jeden und für alle. Aber jetzt sollte ich euch lieber alleine lassen. Ihr habt sicherlich eine Menge zu bereden.“ Doch sie blieb. „Dein Vater bewacht Nelson Mandela?“, fragte sie.

„Woher wissen Sie ...?“

„Gelegentlich spreche ich mit meiner Tochter.“

Ich warf Rhoda einen Blick zu, aber sie pustete ungerührt in ihren Tee, als hätte sie nichts mitbekommen.

„Mandela ist Anwalt wie mein Mann und ich. Außerdem ist er der Ziehsohn eines Königs“, sagte Rhodas Mutter. „Hast du das gewusst? Ein Königskind als Anwalt. Das muss man sich mal vorstellen!“ Sie schüttelte den Kopf, als würde sie sich selbst darüber wundern. „Mandela sah, wie ungerecht die Schwarzen behandelt wurden und dass sie sich nicht dagegen wehren konnten. Erst hat er es mit Gesetzen versucht. Stellenweise ist es ihm gelungen, etwas zu verbessern. Es genügte aber bei Weitem nicht. Und dann war da die Sache mit den Passgesetzen. Es wurde immer unerträglicher. Es ist leicht, Gesetze zu machen. Du brauchst bloß einen, der sie aufschreibt, und es ist einfach, sie so zu gestalten, dass sie nur wenigen nützen, nämlich denen, die sie aufschreiben." Wieder dachte ich an Tante Miems, die Ähnliches behauptet hatte. „Nach dem Massaker in Sharpeville haben Mandela und einige andere Umkhonto We Sizwe gegründet. Speer der Nation."

„Speer der Nation", wiederholte ich. Auch Pa hatte davon gesprochen, aber nur am Rande. Dingaans Speer fiel mir ein. Ein Speer, der sich nicht mehr werfen ließ. „Warum haben sie ausgerechnet diese Waffe als Wahrzeichen gewählt?", fragte ich. „Seit Shaka den Speer in eine Stechwaffe verwandelte, nutzte sie doch kaum mehr etwas gegen die moderneren Steinschlossgewehre."

Rhodas Mutter sah mich verblüfft an. In ihren Augen blitzte eine Entschlossenheit, die nicht zu der zarten Frau passte. Wie der kräftige Händedruck zuvor, den ich ebenfalls nicht von ihr erwartet hatte. „Da hast du aber einen schlauen Freund ins Haus gebracht, Rhoda Darling", lobte sie. „Mandela hat mal gesagt: ‚Ein intelligenter Kopf und ein gutes Herz sind eine tolle Kombination.' Du liest wohl viel?"

Ich dachte an die unberührte Bibel in meinem Regal. „Eher nicht", murmelte ich.

Sie schien es nicht zu hören. „Mandela und die anderen fanden, dass es Zeit wurde, etwas zu *tun*", griff sie meine Frage wieder auf. „Und den Speer wählten sie, weil schwarze Afrikaner seit Jahrhunderten mit dieser schlichten Waffe kämpften. Obwohl Mandela durchaus fesselnde Reden hielt. Er spricht den Menschen aus der Seele. Eines Tages werden wir in Freiheit leben, hat er sie getröstet. Hoffen wir also, dass auch er wieder freikommt." Sie seufzte. „Aber nun lass ich euch wirklich allein. Junge Leute sollte man nicht stören."

Nachdem die Tür hinter ihr zugefallen war, sah ich mich ausgiebiger in Rhodas Zimmer um.

„Du hast einen Plattenspieler?", rief ich begeistert.

„Ich hab auch Platten!" Rhoda war schon vom Sofa gesprungen. Sie zog eine Schallplatte aus einer farbenprächtigen Hülle. „Soll ich auflegen?"

Die Stimme einer Frau erklang. Sie sang in einer fremden Sprache, die ich nie zuvor gehört hatte. Ich verstand sie nicht.

„Das ist Miriam Makeba, Mama Afrika", erklärte Rhoda. „*Na, khawuleza, Mama*, singt sie. Beeil dich, Mama, dass sie dich nicht erwischen! Das rufen die Kinder in den Townships, wenn die Polizei mit Casspirs und Maschinengewehren anrückt und die Hütten durchsucht. Wenn sie die Mütter von den Kindern trennen und wegsperren. Einfach so. Wie meinen Vater."

Sie setzte sich wieder zu mir. Ich spürte ihre Nähe, die Wärme, die von ihr ausströmte. Schweigend nippten wir an unseren Tassen und lauschten der Musik. Die Donaldsons hatten kein Dienstmädchen. Rhodas Mutter hatte den Tee gekocht. Sie brachte uns Kekse. Wahrscheinlich hatte sie die Kekse sogar selbst gebacken.

„Jeden Tag fahre ich mit dem Bus durchs Township", setzte ich an. „Die Polizei begleitet uns. Sie tragen Gewehre. Es könnte sonst gefährlich werden."

„Ach ja? Und warum glaubst du, ist das so?" Rhoda stellte ihre Tasse ab. Sie musterte mich scharf. „Überleg doch mal: Wie würdest du dich fühlen, wenn ständig Scheinwerfer auf dein Haus gerichtet sind? Wobei das Wort Haus reichlich übertrieben ist für die Bruchbuden, in denen sie hausen. Hast du schon mal hingeschaut bei deiner Fahrt durchs Township? Oder guckst du immer weg? Tag und Nacht kreisen Hubschrauber über den Wellblechdächern, und all das nur, damit die Schwarzen *keine Dummheiten anstellen*, wie die Regierung sagt. Da wundert es wenig, wenn sie deinen Bus mit Steinen bewerfen."

Es knackte. Die Platte war zu Ende. „Ich habe noch andere Platten", sagte Rhoda, „aber ..."

„Aber?"

„Ach, nichts, nur so ein Gedanke. Soll ich Tee nachschenken?"

Ich nickte, obwohl mein Bauch längst gluckerte.

„Juffrou Daniels hat heute vom Soweto-Aufstand erzählt", sagte ich. „Ich weiß nichts darüber."

Rhoda reichte mir die Tasse. Das dünne Porzellan war heiß, ich verbrannte mich. „Mensch, Hendrik, man könnte meinen, du hättest auch hinter Gittern gelebt, so wenig, wie du weißt!"

Ich nahm es ihr nicht übel. Rhoda hatte recht. Aber genau darum saß ich immer noch bei ihr, obwohl der NIS vermutlich davon wusste. „Das stimmt, Rhoda", sagte ich. „Deshalb musst du es mir erzählen!"

Rhoda zögerte, aber nur einen Wimpernschlag lang. Dann fing sie an. „Es war der 16. Juni 1976, als Hector Pieterson erschossen wurde", sagte sie. „Ein anderer Schüler trug ihn aus dem Kugelhagel. Kennst du nicht das Foto?"

Ich schüttelte den Kopf. Wie konnte ich das Foto kennen, wo ich nicht einmal von Hector gehört hatte?

„Eigentlich hieß Hector mit Nachnamen Pitso“, fuhr sie fort. „Aber seine Familie glaubte, es würde ihnen etwas nützen, wenn ihr Name Afrikaans klänge. Darum machten sie Pieterson daraus.“ Rhoda lachte gallig. „Es hat ihnen nichts gebracht, die Tränen nicht erspart.“

Rhoda erzählte, ich hörte zu: Die Schülerinnen und Schüler wehrten sich gegen die Einführung von Afrikaans in die höheren Unterrichtsklassen. Das schmälerte ihre ohnehin schon geringe Aussicht auf Bildung erheblich, sprachen die meisten doch isiZulu oder Sesotho oder isiXhosa, jedenfalls kein Afrikaans. Die Polizei reagierte auf den Streik, indem sie in die Menge schoss. Die Toten waren kaum älter als ich. Dreizehn. Vierzehn. Fünfzehn. Hector war zwölf. Auf dem Foto trägt er nur noch einen Schuh. Seine Schwester Antoinette rennt neben ihm her, das Gesicht in bodenlosem Schmerz verzerrt. Damals war sie siebzehn. Und wie alt war Mbuyisa Makhubo, der Hector auf den Armen hielt? Das wusste auch Rhoda nicht.

Das Bild des sterbenden Schülers war um die Erde gegangen. Jeder hatte es gesehen. Nur ich nicht. Aber jetzt wollte ich mehr wissen. Es war, als hätten Rhodas Worte einen Stein losgetreten. Im Fallen hatte er weitere Steine mit sich gerissen. Sie kullerten einen Hang hinunter, an dessen Fuß sie krachend in einem großen Haufen zusammenschlugen, und dort stand ich. Ich wühlte in den Bruchstücken nach Brauchbarem, aus dem sich wie in einem Mosaik ein Bild dieses Landes zusammensetzen ließ. Es entsprach nicht länger dem, das ich gekannt hatte. Dieses Südafrika war anders. Rauer. Abgründiger.

„Und das andere, von dem deine Ma gesprochen hat? Sharpeville? Was war das?“

„Also gut“, sagte Rhoda. „Wenn wir schon dabei sind, dann alles.“

Und wieder nannte sie zunächst ein Datum.

IN DEN RÜCKEN

Es geschah am 21. März 1960. Danach wurde die Republik Südafrika ausgerufen. Die südafrikanische Union wanderte in die Geschichtsbücher."

„Wie kam das denn?", fragte ich.

„Die Regierung hatte die Passgesetze eingeführt. Die Wut darüber hatte sich schon lange angestaut. Jetzt kochte sie über."

Eine Szene tauchte in meinem Kopf auf. Pa klammerte sich an den Küchentisch, als würde er sonst umfallen. Tante Miems umsurrte ihn wie eine wildgewordene Hornisse. Auch Tante Miems hatte die Passgesetze erwähnt. Trotzdem wusste ich nicht, was sie bedeuteten. „Was ist so schlimm daran?"

„Der Pass enthält biometrische Daten", sagte Rhoda. Genauso gut hätte sie isiXhosa sprechen können oder irgendeine andere Sprache, die ich nicht verstand.

„Biometrische Daten?"

„Nun, neben dem Passfoto gibt es auch Fingerabdrücke."

„Aha", sagte ich und hatte nichts begriffen.

Rhoda sah es mir an. „Die Vorschriften gelten nur für Schwarze", erklärte sie. „Nur sie müssen ständig einen Pass bei sich tragen. Damit überwacht die Regierung jeden ihrer Schritte, sie weiß über alles Bescheid. Es ist die reinste Gängelei." Rhoda pustete in ihren Tee, der längst kalt sein musste. „Schließlich versammelten sich am 21. März 1960 an die 5.000 schwarze Südafrikaner vor einer Polizeistation im Township Sharpeville. Keiner hatte einen Pass dabei. Gegen Mittag erteilte ein Polizeioffizier den Befehl zum Schießen. Sie benutzten auch Maschinengewehre. Einmal abgedrückt, läuft es wie am Fließband. 69 Schwarze starben. Die meisten durch Schüsse in den Rücken. Weit mehr wurden verletzt."

Ich stierte in meine Tasse: rötlich brauner Rotbuschtee, der nicht länger dampfte. Ich wusste nicht, was ich sagen sollte.

„Die Regierung rief den Ausnahmezustand aus. Der African National Congress und der PAC wurden verboten. Mandela und die anderen gingen in den Untergrund."

„Und gründeten Umkhonto we Sizwe", warf ich ein, denn das wusste ich schon.

„Ein bisschen was hast du offenbar doch mitbekommen!" Rhoda lächelte schief, und ich stellte fest, dass mir ihr schiefes Lächeln ausgesprochen gut gefiel, obwohl es sicherlich nicht der passendste Zeitpunkt war, um das festzustellen.

„Und wieso gab es danach keine südafrikanische Union mehr?", fragte ich rasch.

„Die internationale Gemeinschaft drohte Südafrika wegen ihres brutalen Vorgehens gegen die Streikenden mit dem Ausschluss aus dem Commonwealth of Nations. Dem kam die südafrikanische Union zuvor, indem sie einfach selbst austrat. Nach einer Abstimmung, die allerdings nur unter der weißen Bevölkerung stattfand, wurde die Republik Südafrika gegründet. Das geschah 1961. Das Land, in dem wir geboren sind, ist demnach nur wenig älter als wir beide. So. Nun weißt du, was es mit Sharpeville auf sich hat."

In der Tat, jetzt wusste ich es. Aber ich wusste nicht, wie ich mit dem neuen Wissen umgehen sollte. Eine Weile nippten wir stumm an unseren Tassen. Als das Schweigen zu laut wurde, fragte ich sie etwas anderes. „Rhoda, warum weißt du das alles?"

Sie sah mich an. Sie lächelte schief. „Mein Vater sitzt im Gefängnis, er ist nicht da", sagte sie. „Trotzdem habe ich Eltern, die mit mir reden."

TRILLERPFEIFE

Ich stand auf der Straße vor Rhodas Haus. Die Schultasche mit den Büchern, die inzwischen wieder trocken waren, aber Flecken zeigten wie die zarten Umrandungen der Moosflechten am Birnbaum, baumelte um meine Schulter. Ich hielt meine Tekkies in der Hand. Am Morgen hatten wir Sport gehabt, ich hatte sie mitgenommen. Sport helfe, wenn man wütend war, behauptete Pa. Jetzt war ich wütend, obwohl ich nicht hätte sagen können, auf wen oder was und warum. Meine Eltern redeten jedenfalls nicht mit mir.

Ich zog die Schuhe aus und schnürte die Tekkies um. Ich rannte los. Wenn ich über das Feld lief, dürfte es kaum länger dauern als mit dem Bus. Vielleicht ging es sogar schneller?

Ich brauchte zehn Minuten, bis mein Atem im Schlag meiner Füße rasselte. Vier Schritte Luft holen, vier Schritte auspusten. Bald lag die geschniegelte Siedlung mit den schmucken Schwimmbecken im Garten hinter mir und ich kam zum Feld, an dessen Rand das Township lag. Ich erkannte die armseligen Hütten aus Blech, die staubigen Straßen dazwischen. Der Wind trieb ein paar helle Stimmen zu mir herüber. Ein paar Kinder hatten sich hintereinander aufgereiht und reichten sich etwas durch die Beine weiter. Sie lachten. Als wie aus dem Nirgendwo ein zotteliger Hund vor mir auftauchte, die Nase auf der Suche nach Essbarem tief in die Erde vergraben, zuckte ich zusammen. Erst da merkte ich, dass ich mich gar nicht gefürchtet hatte, obwohl mich kein Polizist mit seinem Gewehr begleitete. Ich hatte nicht einmal daran gedacht, dass mich jemand angreifen könnte.

Der Himmel färbte sich dunkel. Ein Tropfen klatschte auf meine Schulter, dicht gefolgt von einem zweiten. Bald prasselte es in Strömen. Der Regen tränkte mein Hemd. Er schwappte in meine Tekkies. Er rann in meine Schultasche. Das kam mir wunderbar gelegen. Es lieferte eine willkommene Erklärung für die Wasserflecken auf meinen Büchern, denn ich stellte mich längst auf ein anderes Donnerwetter ein: Ma würde mit mir schimpfen, weil ich so spät nach Hause kam. Doch als ich verdreckt und triefend in die Küche klatschte wie Strandgut, lehnte einzig Nomsa über dem Spülstein und machte den Abwasch.

„Du bist ja ganz nass, Baas!“, rief sie erschrocken. „Zieh mal dein Hemd aus. Ich wasche es dir!“ Sie streckte mir ihre Hände entgegen, von denen noch die Tropfen perlten, aber ich dachte an das, was Rhoda gesagt hatte, und rührte mich nicht. Wir behandelten unsere Angestellten wie Gegenstände, ohne je daran zu denken, dass sie nicht anders waren als wir: Menschen, die Kinder hatten, Sorgen, Arbeit, Gefühle. Wie konnte ich Nomsa mein verschwitztes Hemd überlassen, damit sie es für mich wusch? Obwohl sie immer unsere Wäsche wusch, seit sie bei uns arbeitete.

„Inkomo isengwa ngoyaziyo, Baas! Eine Kuh lässt sich melken von dem, den sie kennt!“ Für alle Fälle sprudelte

Nomsa ein Sprichwort über die Lippen, als blubberte in ihr ein unerschöpflicher Brunnen an Weisheit, der sie durch die trüben Tage rettete. Ihre Finger tanzten vor meiner Nase. „Gib schon her, Baas!“

Ich fragte mich, ob sie mich mit einer Kuh verglich. Trotzdem hatte sie gewonnen. Ich zog mein Hemd aus und reichte es ihr.

„Siehst du? Fühlt sich doch gleich besser an!“ Nomsa strahlte. „Warte! Ich wickle dich in eine Decke, damit du dich nicht erkältest.“

Nomsa legte mir eine Decke um die Schultern. Sie rubbelte mich trocken. Dann ließ sie frisches Wasser in die Spüle, tauchte mein Hemd hinein und schrubbte, dass ihre Schultern bebten.

„Wo wohnst du, Nomsa?“ Die Frage schoss aus meinem Mund, als hätte jemand anderes sie gestellt.

„Tafane South“, sagte Nomsa und knetete weiter, wie wenn nichts geschehen wäre. Dabei hatte sie soeben den Namen des Townships genannt, an dessen Rand ich zurückgelaufen war.

„Das kann nicht sein“, protestierte ich. „Ich bin eben dort vorbeigekommen und mir ist nichts passiert!“

„Wieso auch, Baas?“

„Jeden Morgen begleiten Polizisten unseren Schulbus. Sie überfallen uns sonst. Sagt Pa.“

„Ach ja, sagt er das? Wer überfällt euch denn?“

„Die Schw...“ Ich verstummte. Hätte ich sagen sollen: Ihr, Nomsa, ihr überfallt uns?

„Meinst du, nur weil Polizisten euren Bus bewachen, bringen euch alle Schwarzen um?“

„Aber nein. Es ist anders.“ Nomsa verdrehte, was ich sagte. „Die Polizei beschützt die Busse, weil die Schwarzen die Busse angreifen.“

Nomsa fischte mein Hemd aus der Lauge und wrang es aus. Ein Wasserfall aus Tropfen sprühte in die Spüle. „Es geschehen schlimme Dinge in den Townships“, sagte sie. „Aber sie widerfahren nur den Schwarzen. Denn wen, glaubst du, bewachen die Lampen, die dort Tag und Nacht über den Straßen leuchten? Doch nur die Schwarzen, die dort leben, nicht die Weißen, die woanders wohnen.“

„Das sagt Rhoda auch“, murmelte ich.

„Wer ist Rhoda?“

„Ach, nur ein Mädchen aus meiner Schule.“

Nomsa wandte sich wieder meinem Hemd zu. Sie zog die Ärmel auseinander und hängte es zum Trocknen über eine Stuhllehne.

„Manche Schwarze bewerfen die Busse mit Steinen. Das stimmt. Aber die Busse fahren durch ihre Wohnviertel zu Schulen, die sie nicht besuchen dürfen. Das ist in etwa so, als stelltest du jemanden, der sehr hungrig ist, einen Teller mit Koeksisters vor die Nase und isst sie allein. Hast du schon mal hingeschaut, wie wir leben?“

Das hatte Rhoda auch gefragt. Ich dachte an die Kinder. Ihr Lachen. Aber auch an den Müll zwischen den Hütten aus Wellblech. Wie heiß musste es darunter werden, wenn die Sonne darauf brannte?

„Hast du Kinder?“ Plötzlich konnte ich mir nicht mehr vorstellen, dass Nomsa ohne Kinder lebte, und das lag vermutlich nicht nur daran, dass sie unermüdlich für uns sorgte wie eine niemals ruhende Mutter. Nomsa strahlte eine Wärme aus wie ein Brutkasten.

Nomsa reckte eine Hand in die Luft. Sie fächerte die Finger weit auseinander. „Fünf!“, sagte sie. Genauso gut hätte sie verkündigen können: Ich besitze eine Millionen Rand und bewohne eine Villa. „Vier Söhne, ein Mädchen. Ballst du sie ineinander“ – die fünf Finger schlossen sich zu einer Faust – „sind sie unschlagbar. *Amandla*! Alle Macht dem Volk!“

Ich zuckte zusammen. Ihr Aufschrei erschreckte mich.

Nomsa schmunzelte. Sie senkte die Hand und wuschelte mir über den Kopf. „Keine Bange, Baas! Das bedeutet nicht, dass dir jemand wehtut, sondern nur, dass die Menschen selbst über ihr Leben entscheiden möchten. Nicht mehr, nicht weniger. Nelson Mandela hat es oft gerufen: ‚Amandla – die Macht!‘, rief er. ‚Ngawethu – dem Volk!‘, antworteten wir. Wir rufen es immer noch. Und er sicherlich auch. Bis wir frei sind. Alle. Auch er.“

Mein Herz begann zu pochen, meine Gedanken stolperten hastig hinterher. Warum sprach Nomsa von Mandela, als würde sie ihn kennen? Wie alt war Nomsa überhaupt? Ich hielt sie für Mitte fünfzig. Aber es fiel schwer, ihr Alter zu schätzen. Nomsa wirkte wie aus der Zeit gefallen, als wäre sie seit jeher dagewesen, ohne Anfang, ohne Ende. Vielleicht war sie vierzig. Vielleicht schon sechzig. Aber mal angenommen, sie war wirklich fünfzig. Dann wäre sie bei Mandelas Verhaftung ... Wieder versuchte ich, es auszurechnen und verwünschte meine bescheidene Mathematik. Dann wäre sie damals 32 Jahre alt gewesen, und es konnte durchaus sein, dass Mandela und Nomsa einander begegnet waren, dass sie sich kannten! Auch das Zeichen der geballten Faust hatte ich schon häufig gesehen. Es prangte auf den Zäunen aus Blech und an mancher Tür, wenn der Bus durchs Township schaukelte. Ich hatte aber nicht gewusst, was es bedeutete. Die Macht dem Volk, hatte Nomsa gesagt. Wobei mit Volk bestimmt die Schwarzen gemeint waren. Hatte Pa also doch recht, wenn er behauptete, die Schwarzen beanspruchten das Land für sich alleine?

„Besuch uns mal!“, unterbrach Nomsa meine Grübelei. „Dann siehst du, wie wir leben. Meine Söhne sind erwachsen. Zwei arbeiten in Joburg, die anderen beiden wohnen bei mir. Und natürlich ist Isisa da. Sie freut sich bestimmt, wenn du kommst.“

Ich forschte in ihrem Gesicht, ob sie sich über mich lustig machte, entdeckte jedoch kein Anzeichen von Schalk. Nomsa meinte, was sie sagte, obwohl ihre Einladung eindeutig an einer klaren Grenze kratzte. Niemand sprach es aus, aber keine Regel konnte lauter tönen. Wie Neonglitzerwerbung in der Dunkelheit, die in die Augen stach: Schwarze kamen in die Häuser der Weißen, um dort zu arbeiten. Niemals aber geschah es umgekehrt. Weiße besuchten keine Schwarzen. Das hatte ich auch Christie erklärt. Es ihr eingehämmert. Ginge ich zu Nomsa, die beinahe täglich bei uns schuftete, unsere Tassen und Teller spülte, für uns kochte und mein Hemd wusch, käme das einem Erdbeben gleich. Mal abgesehen davon, dass es mir meine Eltern sowieso niemals erlauben würden.

Andererseits brauchten sie auch nichts davon zu erfahren.

„Wo finde ich dich?“, fragte ich.

„6554 Tshabakaka Street“, sagte Nomsa und streifte ihre Hände an der Schürze ab. „Gegenüber liegt eine *Shebeen*. Oder du fragst nach Mama Nomsa Confidence Ngubane. Die Leute werden dir den Weg zeigen.“

„Mama Nomsa Confidence Ngubane“, wiederholte ich. Ma hatte behauptet, alle afrikanischen Namen seien Zungenbrecher. Man könne sie sich nicht merken und niemals aussprechen. Aber Nomsas Name klang wunderschön. Wie ein Lied.

Die Tür flog auf. Wieder war es Christie, die hereinpolterte. Im Arm trug sie ihre Puppe. Esties Zopf war aufgegangen. Die blonden Haare strubbelten wirr durcheinander.

„Nomsa, schau nur, wie hässlich Estie aussieht!“, beschwerte sich Christie und hielt Nomsa die Puppe entgegen. „Du musst sie wieder hübsch machen!“

„Natürlich, Klein-Missie!“ Nomsas nahm Christie die Puppe ab. Sie flocht die blonden Strähnen zu einem tadellosen Zopf.

„Die Schleife fehlt!“, befahl Christie.

Nomsa schnürte das rote Band ins Puppenhaar.

„Estie ist dreckig. Siehst du den Fleck auf der Backe?“

Nomsa wischte die Puppenwange sauber.

„Estie hat Hunger. Was gibst du ihr zu essen?“

Bisher hatte ich Christies Treiben stillschweigend zugesehen. Nun platzte mir der Kragen. Es war unerträglich, mit welcher Selbstverständlichkeit meine kleine Schwester die große Frau herumhetzte. Nomsa, mach dieses, Nomsa, mach jenes! Man hätte glauben können, Christie wäre mit einer Trillerpfeife im Mund auf die Welt gekommen. „Das reicht, Christie!"

„Aber ...", sagte Christie. Ihre Lippen fingen an zu flattern.

„Fütter deine olle Puppe selbst!"

Christies Lippen bebten. „Estie braucht ..."

„Nichts braucht sie, Christie! Estie ist eine *Puppe* und du bist ein verzogenes Gör!"

Christie plärrte los, und just da – als hätte Christie geahnt, dass sie gleich Beistand erhalten würde – kam Ma in die Küche.

„Nanu", sagte sie und blieb verwundert stehen, „was geht hier vor?"

„Hendrik schimpft mit mir", schluchzte Christie, und vielleicht weil sie fand, dass Ma noch nicht überzeugt genug aussah, fügte sie rasch hinzu: „Er hat mich Gör genannt!"

Damit hatte sie es geschafft. Ma stürzte zu Christie und nahm sie in den Arm. „Wieso zettelst du andauernd Streit an, Hendrik? Deine Schwester ist doch viel kleiner als du. Wie siehst du überhaupt aus? Hast du etwa kein Hemd an?" Ma hatte die Decke um meine Schultern entdeckt. Sie schüttelte entsetzt den Kopf. „Geh sofort auf dein Zimmer und zieh dich erst mal ordentlich an! Zum Abendessen kannst du wiederkommen, vorausgesetzt, du redest anständig mit deiner Schwester. Nomsa, du hast das Essen doch rechtzeitig fertig?"

„Selbstverständlich, Missus, natürlich!", sagte Nomsa und zog wie zum Beweis einen Topf auf den Herd.

Christie löste sich aus Mas Armen. Auf Zehenspitzen schielte sie in den Topf. „Was kochst du, Nomsa?"

„Wie wäre es mit Vetkoek, Klein-Missie?“

„Oh, fein, das mag Estie auch!“ Christie jubelte. Sie hatte ihren Kummer schon vergessen.

Ich nahm die Decke von meinen Schultern und legte sie sorgfältig zusammen, Kante auf Kante, wie ich es oft bei Nomsa beobachtet hatte, wenn sie unsere Wäsche faltete. Ma würde nicht das Geringste daran auszusetzen finden. Es störte mich nicht, dass sie mich auf mein Zimmer verbannte, als wäre ich ein Strafgefangener in Einzelhaft. Vielmehr war ich Christie sogar dankbar. In dem ganzen Trubel hatte Ma völlig übersehen, dass ich beunruhigend spät nach Hause gekommen war. Doch wo niemand fragte, brauchte es auch keine Erklärungen. Zumindest dieses eine Mal kam mir das sehr gelegen. Mit Nomsa aber unterhielt ich mich von diesem Tag an, wann immer sich die Gelegenheit dazu ergab.

BOXWELTMEISTER

Eine Woche später, kaum war wieder Sonntagnachmittag, schnappte ich meine Tekkies. Ich trug sie deutlich vor mir her, damit sie jeder sah, und erklärte meinen Eltern, ich ginge *trainieren*, ein paar Runden über das Feld rennen. Gegen Training hatten sie nichts einzuwenden, obwohl Pa meinte, er sähe es lieber, wenn ich Rugby spielte. Ma hatte Nomsa freigegeben. Sie sei nun mal eine gütige Arbeitgeberin, die ihren Angestellten Pausen gönnte, damit sie sich erholen konnten. Dabei war Nomsa unsere einzige Angestellte, und Mas Stimme klang wie mit Blei übergossen, als sie es uns erklärte. Ich wollte sehen, was Nomsa tat, wenn sie sich erholte. Ich lief über das Feld zum Township, um genau zu sein: Ich suchte 6554 Tshabakaka Street, Nomsas Hütte.

Rhoda hatte mir vorgeworfen, ich würde nicht hinsehen. Jetzt sah ich hin. Die Straße verliefen ausladend breit, weit genug, dass die Casspirs durchpassten, wenn die Polizei anrückte. Umso enger standen links und rechts die Hütten aus Wellblech oder Holz. Sie lehnten sich aneinander wie schlecht gestapelte Schuhkartons, die sich gegenseitig vor dem Umfallen bewahrten. Eine davon musste Nomsas Hütte sein. Ich sog alles ein, auch wenn ich wusste, dass ich selbst den ungewöhnlichsten Anblick bot: Hier waren alle Menschen schwarz. Ich war weiß.

„Es gehen auch Weiße in die Townships", hatte Rhoda noch zu mir gesagt, ehe ich gegangen war. Aber Weiße sah ich nicht. Ich sah Wäsche, die zwischen den Hütten im Wind flatterte. Derselbe Wind trieb mir Müll vor die Füße. Wieder spielten Kinder im Staub. Sie spielten mit dem, was andere weggeworfen hatten. Eine leere Blechdose verwandelte sich in ein Fernrohr, ein Autowrack diente als Klettergerüst. Wieder hatten sich einige hintereinander aufgestellt und reichten sich etwas durch die Beine weiter. Als ich näher kam, erkannte ich, dass es eine alte Plastikflasche war. An einer Straßenecke entdeckte ich eine Shebeen. Gelächter perlte aus der Tür. Ein Mann torkelte auf die Straße. Ich wich ihm aus und stand davor: Nummer 6554. Nomsas Hütte.

Die Tür war angelehnt. Ich klopfte nicht an und trat einfach ein. Im Dämmerlicht erkannte ich Nomsas wuchtige Gestalt. Sie beugte sich über einen Herd und kochte, wie sie es auch bei uns tat, nur sah dieser Herd weit weniger stattlich aus.

„Hendrik!" Nomsa wedelte erfreut mit dem Kochlöffel. „Du kommst gerade rechtzeitig! Die *Iimbotyi* sind gleich fertig."

Ich schnupperte. Es duftete köstlich. „Was ist das?", fragte ich.

„Bohnen. Ich mache aber auch noch Walkie-Talkies."

„Walkie-Talkies?"

„Gegrillte Hühnerbeine", sagte Nomsa. „Isisa, schenkst du unserem Gast bitte ein Glas Tee ein?"

Ein Mädchen löste sich aus einer Ecke des Zimmers. Sie war einen Kopf kleiner als ich und bewegte sich geschmeidig und leise wie eine Katze. Geschickt goss sie den Tee in einen Becher. Ihre braunen Augen musterten mich wachsam und klug, als sie ihn mir reichte.

„Isisa, das ist Hendrik“, sagte Nomsa. „Hendrik, das ist Isisa, meine Tochter!“

Ich nickte Isisa zu. „Danke!“

„Willst du dich setzen?“, fragte Isisa.

„Gerne“, sagte ich, aber ich setzte mich nicht. Ich sah mich um. Viel Platz gab es nicht. Der Herd und ein wackeliges Kästchen auf drei Beinen nahmen einen Gutteil des Raums ein. Auf der gegenüberliegenden Seite stand etwas, das aussah wie ein Bett, aber auch ein Sofa sein konnte. Jetzt erst sah ich, dass sich einige kleinere Kinder darauf tummelten. Hatte Nomsa nicht gesagt, sie hätte fünf, die wären aber schon älter?

Nomsa bemerkte meinen Blick. „Das sind Kinder aus der Nachbarschaft. Ihre Mütter müssen auch am Sonntag arbeiten. Dann sind sie meistens bei mir.“

Ein Mädchen krabbelte vom Bett. Sie stupste mich sacht an, als befürchtete sie, ich könnte mich in Luft auflösen.

„Dyshiki denkt wahrscheinlich, du seist angemalt“, lachte Isisa. „Weiße verirren sich selten ins Township.“

Das Mädchen streckte eine Hand aus. Ich warf Isisa einen hilfesuchenden Blick zu.

„Dyshiki ist das zarteste Kind im ganzen Township, aber auch das größte Leckermaul“, erklärte Isisa. „Sie fragt, ob du Süßigkeiten für sie hast.“

Verlegen krempelte ich meine Hosentaschen um und zeigte sie Dyshiki. Sie waren leer, ich hatte nichts dabei. Dyshiki rief den anderen Kindern etwas zu. Kichernd stürmten sie hinaus ins Freie.

Ich stellte mich neben Nomsa an den Herd und sah zu, wie sie die Iimbotyi umrührte. „Kochst du eigentlich immer?", fragte ich.

„Viele Menschen haben Hunger, Baas."

Über dem Herd hing ein Foto. Es zeigte das Gesicht eines Mannes. Kräftige Nase, breite Lippen und Augen, die funkelten als könnte er jederzeit zuschlagen. Das Gesicht eines Kämpfers.

„Wer ist das?"

„Das ist Tata Mandela."

„Tata Mandela?"

„Ja, Nelson Mandela!" Nomsa legte den Kochlöffel weg. Mit dem Zeigefinger strich sie zärtlich über das Bild, als würde sie Mandelas Wange streicheln. „Ich habe das Foto aus der Zeitung ausgeschnitten. Das ist allerdings lange her. Siehst du, wie jung er da war und wie kräftig? Damals wollte er Weltmeister im Boxen werden. Stattdessen ist er der Vater der Nation geworden."

„Vater der Nation?"

„Tata bedeutet Vater auf isiXhosa."

Nomsa nahm den Löffel wieder in die Hand und rührte die Bohnen mit einem plötzlichen Schwung um, dass einige über den Rand hüpften. „Seit dem Rivonia-Prozess gibt es keine Fotos von ihm. Nur wenige wissen, wie Tata Mandela heute aussieht. Hoffentlich geht es ihm gut!"

Mein Vater weiß, wie Tata Mandela aussieht, er sieht ihn

jeden Tag, dachte ich, und dann schreckte ich zusammen: Hatte ich Nelson Mandela, den am meisten gehassten Terroristen Südafrikas, tatsächlich eben Tata Mandela genannt, Vater der Nation?

Am Eingang entstand ein Gedränge. Zwei schlaksige Gestalten drängten zur Tür hinein. Sie stutzten, als sie mich bemerkten.

„Das ist Hendrik", sagte Nomsa. „Ich habe euch von ihm erzählt."

„Wände haben Ohren!", sagte der Größere der beiden.

„Aber ich vertraue ihm", sagte Nomsa, „darum dürft ihr das auch."

Beide nickten, dann reichten sie mir die Hand.

„Ich bin Amukelanie!", sagte der eine.

„Und ich heiße Enzokuhle", sagte der andere.

„Meine großen Brüder", sagte Isisa.

„Mama Nomsas ganzer Stolz!", sagte Nomsa.

„Hallo", murmelte ich, und mein Herz schlug bis zum Hals.

„Worüber habt ihr euch unterhalten?", fragte der Größere der beiden, der Enzokuhle hieß. „Mir war, als hätte ich Mandelas Namen gehört."

„In der Tat", sagte Nomsa. „Ich habe Hendrik eben erzählt, dass es seit seiner Verhaftung keine Fotos mehr von ihm gibt."

„Das ist wahr", sagte Amukelanie. „Das Gefängnis ist ein schwarzes Loch. Es verschluckt dich, als hätte es dich nie gegeben. Als erstes vergisst dich die Presse. Danach vergessen sie, wie dein Gesicht aussieht. Aber sein Lächeln hat Mandela nicht verloren. Er trägt es immer noch."

„Die Iimbotyi sind gleich fertig“, sagte Nomsa. „Habt ihr eure Hände gewaschen?“

„Aber natürlich, Mama“, sagte Amukelanie. „Am einzigen Wasserhahn, den es im ganzen Township gibt.“

„Das wird sich allerdings bald ändern!“ Enzokuhles Stimme klang plötzlich schneidend scharf. „Oliver Tambo predigt nicht umsonst, dass wir die Townships unregierbar machen sollen. Dann wird Botha aufwachen und einsehen, dass es so nicht weitergeht. Wo es ohnehin längst unerträglich ist.“

Mir stockte der Atem. In aller Offenheit sprach Enzokuhle von Oliver Tambo. Dabei leitete Tambo vom Ausland aus den verbotenen ANC.

„Ruhig“, sagte Nomsa, „die Dinge stehen nicht gut, aber beruhige dich!“

„Nein, das tue ich nicht!“, schnaubte Enzokuhle. „Ruhe gebe ich erst, wenn ihr ein Loch für mich grabt!“

„Ithemba alibulali, kubulala ubungxamo! Hoffnung tötet nicht, Eile aber schon!“ Wieder wusste Nomsa ein Sprichwort, mit dem sie ihren aufbrausenden Sohn zu besänftigen versuchte. „Du sollst nicht reden, als wolltest du dein Leben wegwerfen wie Müll. Das würde auch Tata Mandela nicht gefallen!“

„Ach, bist du dir da so sicher, Ma? Du erinnerst dich bestimmt an Mandelas Rede im Rivonia Prozess? Die letzten Worte, die man von ihm hörte, ehe sie ihn auf die Insel verbannten? Fast fünf Stunden lang verteidigte Mandela die Notwendigkeit eines bewaffneten Kampfes. Bis er mit seinen berühmten Worten schloss. Wartet. Hört zu.“ Enzokuhle stellte sich in die Mitte der Hütte. Er breitete die

Arme aus wie ein Schauspieler auf großer Bühne. „Ich habe mein Leben dem Kampf für das afrikanische Volk gewidmet!“, rief Enzokuhle. Er senkte die Arme wieder. „Das sagte Mandela. Dafür sei er auch bereit, zu sterben!“

„Das ist wahr, kleiner Bruder, das sagte er. Er sagte aber auch noch mehr.“ Amukelanie sprach mit einer Gelassenheit, die mich angesichts von Enzokuhles Hitzigkeit verblüffte. „In derselben Rede erklärte Mandela, er habe gegen schwarze Vorherrschaft genauso gekämpft wie gegen weiße. Er schätze die Vorstellung einer demokratischen und freien Gesellschaft, in der alle Menschen, gleich welcher Hautfarbe, harmonisch und mit denselben Möglichkeiten zusammenlebten. Das sei das Ideal, für das er kämpfen ...“

„... und notfalls sterben wolle!“, ergänzte Isisa.

Ich lauschte, wie die vier die Worte hin und her warfen, und staunte immer mehr. Es klang, als wüssten alle bestens Bescheid, was Nelson Mandela einmal geäußert hatte. Dabei war das ganz unmöglich, weil Pa doch strengstens darauf achtgab, dass niemand jemals von Mandela hörte. Ich konnte mich aber nicht weiter darüber wundern, denn Enzokuhle warf erneut die Hände in die Luft. „Das sage ich ja! Manchmal muss man sein Leben opfern. Nichts anderes macht Mandela doch auch. Womöglich würden sie ihn sogar freilassen, wenn er seinen Idealen abschwört? Aber das will er nicht. Solange wir nicht frei sind, will er es auch nicht sein. Hendrik wird das bestätigen. Ma hat erzählt, dass dein Pa Mandela bewacht, du musst es wissen“, wandte er sich an mich.

Seine Frage hallte wie ein Echo in meinem Kopf. Einen ähnlichen Satz hatte Klasie gesagt, doch anders herum.

Mandela will nicht raus aus dem Gefängnis. Aber nicht aus Verbundenheit mit seinem Volk, sondern aus Furcht, weil ihn die eigenen Leute sonst erschießen würden. Wer von den beiden hatte recht? Ich wusste es nicht und verstand immer weniger.

„Lass Hendrik in Frieden!“, kam mir Amukelanie zu Hilfe. „Woher soll er wissen, was Mandela denkt? Außerdem ist er nicht verantwortlich für seinen Vater.“

Plötzlich kribbelte es in meinen Füßen. Ich wollte raus, an die Luft. Nach Hause. Enzokuhles Rede hatte mich daran erinnert, dass meine Eltern mich vermissen könnten. Ohnehin hatte ich bereits zu viel gehört, und nichts davon war für meine Ohren bestimmt gewesen. Wenigstens das war klar. „Ich muss los“, sagte ich, „meine Eltern warten sicher schon auf mich.“

„Was ist mit den Iimbotyi?“, fragte Nomsa und winkte mit dem Kochlöffel. „Die Walkie-Talkies sind auch fertig!“

„Ein andermal vielleicht? Ich habe sowieso keinen Hunger.“

„Dann kommst du aber wieder! Einverstanden?“

„Das mache ich“, sagte ich, obwohl ich lieber den Kopf geschüttelt hätte.

Nomsa nickte zufrieden. Sie lächelte. „Schön, dass du da warst, Hendrik!“

„So bonana“, riefen die anderen, „auf bald!“

OHNE WAFFE

Pa klemmte hinter der Zeitung, als ich nach Hause kam. Ich stellte mich neben den Sessel und wartete, bis er mich bemerkte. *Die Burger* raschelte. Pa blickte mich über den Zeitungsrand hinweg an. „Na, wie lief das Training?"

„Prima", sagte ich und hatte nicht einmal gelogen. Ich war die ganze Strecke zurückgedüst, ohne ein einziges Mal anzuhalten. Mein Hemd klebte an meinem Rücken, mein Kopf schwirrte, meine Haare waren nassgeschwitzt. Niemand konnte behaupten, ich hätte nicht trainiert. Ohnehin hatte ich in den letzten Tagen begonnen, sofort nach dem Aufstehen ein paar Liegestütze zu stemmen. Gestern hatte ich 30 geschafft, heute früh waren mir sogar 35 geglückt. Dabei dachte ich an Mandela, der in seiner Zelle zur selben Zeit das Gleiche tat.

„Ist Mandela eigentlich sehr kräftig?"

„Wie kommst du denn darauf?" Pa ließ *Die Burger* sinken. Er sah mich verwundert an.

„Ach, nur so. Ich habe mich bloß gefragt, wie Mandela aussieht", sagte ich schnell. „Wo ihn doch außer dir kaum einer mehr gesehen hat, seit er im Gefängnis sitzt."

„Das ist auch wieder wahr!" Pa kratzte sich am Kinn. „Aber wieso sollte Mandela kräftig sein? Ein Gefängnis ist schließlich kein Hotel. Obwohl …" Pa stockte. Er faltete *Die Burger* zusammen. Er redete mit mir! „Erst kürzlich hat Mandela gemeint, Pollsmoor käme ihm wie ein Fünf-Sterne-Hotel vor, und wenn man es mit Robben Island vergleicht, hat er durchaus recht damit. Früher schliefen sie auf einer dünnen Sisalmatte über dem nackten Steinboden. Jetzt schlummert Mandela in einem gemütlichen Bett mit Kopfkissen, Laken und Decke. Es gibt Duschen, aus denen warmes Wasser fließt. Außerdem haben sie Toiletten. Auf Robben Island gab es in den Zellen für die Notdurft einen Eimer, den sie täglich leeren mussten. Mandela hat das auch für andere gemacht, wenn sie krank waren. Selbst das Essen schmeckt inzwischen besser. Es ist nahrhafter, gesünder. Auf Robben Island gab es immerzu den gleichen Mieliepap, dazu eine Kelle dünnen Kaffees – und das bei der harten Arbeit im Steinbruch, in dem sie den ganzen Tag den Kalkstein brachen. Die Sonne gleißte auf dem hellen Stein und verbrannte ihre Augen, weil sie keine Schutzbrillen bekamen. Die meisten können seither nicht mehr richtig sehen, das Licht verätzt die Tränendrüsen. Jetzt hat Mandela Zeit. Er macht, was er am liebsten mag: Er liest! Du kannst dir nicht vorstellen, wie viele Bücher er seit seinem Umzug verschlungen hat. Sogar Zeitungen sind mittlerweile erlaubt. Außerdem haben sie ein Radio." Pa schüttelte den Kopf, als verstünde er selbst den ganzen Wandel nicht.

Ich dachte an das Foto in Nomsas Küche, das über dem Herd thronte wie ein Altarbild.

„Dann ist Mandela nicht besonders stämmig?"

„I wo!", sagte Pa. „Er ist eher mager. Groß ist er natürlich immer noch. Er überragt mich fast um einen Kopf."

Ich sah sie vor mir: Pa mit dem Sjambok im Gürtel und Mandela, der ihm gegenüberstand, einen Kopf größer und ohne jede Waffe in der Hand, aber mit einem funkelnden Lächeln im Gesicht, das jeden, den es traf, auf der Stelle entwaffnete.

BRIEF MIT LÖCHERN

Ich hätte nie gedacht, dass Pa einmal so gesprächig sein würde. Aber selbst wenn es nur Zufall und seiner ungewöhnlich guten Laune geschuldet war, beschloss ich, meine Glückssträhne auszureizen. Gleich beim Abendessen fragte ich ihn nach seiner Arbeit.

„Du möchtest wissen, wie das geht mit der Zensur?“ Pa stocherte in den Bohnen, die Ma gekocht hatte, ausnahmsweise, denn Nomsa hatte heute frei. Ausnahmsweise. „Du fragst dich, was ich mache, wenn ich Mandelas Briefe lese? Nun, ganz einfach: Ich nehme eine Schere und schneide alles aus, was mir nicht gefällt.“

„Eine Schere?“

„Natürlich. Womit sonst?“

Ich stellte mir vor, wie Pa sich über Mandelas Briefe beugte und mit einer Schere Löcher ins Papier schnitt. Die Schnipsel rieselten zu Boden wie die Blütenblätter des Birnbaums, wenn der Kapdoktor daran rüttelte. Bastelstunde. „Und was ist es, was dir nicht gefällt?“

„Nun ja, dies und das“, sagte Pa.

„Und was ist dies und das? Was könnte Mandela schon schreiben in einem Gefängnis, dass es niemand lesen soll?“

Es klirrte, als Pa seine Gabel auf den Tisch legte. „Hendrik, wie alt bist du? Gebrauch deinen Schädel! Überleg nur, Mandela hätte Freund und Feind berichtet, was auf Robben Island los war! Wie sie im Steinbruch ohne Schutzbrillen schufteten. Dass Würmer durchs Essen krochen. Es niemals warmes Wasser in den Duschen gab, wenn überhaupt. Hätte das die Welt erfahren, sie hätten unser Land noch mehr geächtet, als es jetzt bereits der Fall ist."

Ma legte eine Hand auf Pas Arm. „Willem", bat sie, „beruhige dich!" Und er beruhigte sich.

„Inzwischen haben sie es viel bequemer", sagte er. „Das habe ich dir ja erzählt. Mandela darf auch mehr Briefe schreiben. Darum habe ich auch mehr zu tun. Aber natürlich verdiene ich auch mehr." Pa pikste eine Bohne auf. Er schwenkte sie durch die Luft. „Früher war das anders. Ich bekam weniger Lohn. Er durfte weniger schreiben. Einen Brief in einem halben Jahr und niemals mehr als 500 Wörter. Obwohl ich die meisten Wörter gleich wieder ausgeschnitten habe." Pa schob sich die Bohne in den Mund. Unser Gespräch war beendet. Oder vielmehr: seine Rede. Das kannte ich bereits. Ich musste mich mit den Brocken begnügen, die Pa mir hinwarf. Aber auch damit ließ sich etwas anfangen.

In meinem Zimmer setzte ich mich an den Schreibtisch und zog ein Blatt aus der Schublade. 500 Wörter fand ich durchaus großzügig. Ich dachte an den Aufsatz, den ich für Juffrou Daniels schreiben sollte und von dem bisher keine einzige Zeile existierte. Doch was, wenn es auf jedes Wort ankam? Was schrieb man dann? Was ließ man weg? Gab es auch eine Zensur, die man sich selbst auferlegte? Sobald man die Regeln bereits vorwegnahm und sich ihnen anpasste?

Ich spitzte einen Bleistift. Ich schrieb. *Liebe Rhoda*, schrieb ich. 500 Wörter sollten es werden. Ich wollte es zumindest versuchen. Ich schrieb zögerlich, als tastete ich mich in jedes einzelne Wort hinein. Ein Wort nach dem anderen. Bis die Wörter zu Sätzen wurden, die Sätze zu Absätzen. Ich begann mit dem, was jeden Tag geschah und nicht weiter auffiel. Der Rotbuschtee am Morgen, der Globus in der Nacht. Ich wühlte mich durch die hundert Handgriffe des Alltags, bis ich zu dem gelangte, was mir wichtiger erschien. Ich erzählte von Christies Gejammer, als ich im Auto ihre Puppe gedrückt hatte. Der Streit zwischen Pa und Tante Miems. Wie Nomsa mir mit einem Sprichwort auf den Lippen mein nassgeschwitztes Hemd abgeschwatzt hatte. Und während ich schrieb, merkte ich, wie mir das Schreiben allmählich leichter fiel, es mir *leichter von der Hand ging* und ich Worte aufs Papier tupfte, die ich Rhoda niemals direkt sagen würde. Ich schrieb von meiner Wut, wenn Pa schwieg, obwohl ich mir Worte von ihm wünschte. Vom Herzklopfen, das mich überfiel, sobald sie neben mir stand. Dass meine Hände feucht wurden, wenn ich unter dem Birnbaum lehnte und mich die Rinde zwischen die Schultern stach.

Ich zählte die Wörter nicht nach. Aber als ich den Stift weglegte und den Brief ansah, war er länger geworden als alles, was ich je zuvor geschrieben hatte.

Dann nahm ich eine Schere und schnitt alles aus, was ich für fragwürdig hielt, *was mir nicht gefiel*, wie es Pa genannt hatte, lauter Sachen, von denen ich annahm, Rhoda könnte sie missverstehen, vor allem solche Wörter wie Liebe, Hoffnung, Mut. Das beschäftigte mich eine Weile, denn ich hatte viele solcher Wörter geschrieben. Ehrliche Wörter, falls es so etwas gab wie ehrliche Wörter, aber sie verrieten eine Menge über mich. Mein Herzklopfen verschwand im Papierkorb genauso wie meine schwitzigen Hände. Der Streit zwischen Tante Miems und Pa. Und meine Fragen.

Am Ende war von meinem Brief kaum etwas übriggeblieben. Ich hielt ihn ans Fenster. Durch die Lücken blitzte das Blau des Himmels.

Dann rechnete ich nach. Ich rechnete aus, wie viele Wörter ich schreiben dürfte, stünden mir 500 Wörter in einem halben Jahr zur Verfügung.

Ging ich davon aus, dass ein Monat aus 30 Tagen bestand, ergaben 6 Monate 180 Tage. Teilte ich 500 durch diese Zahl, erhielt ich einen Bruch von 2,8 Wörtern. Demnach blieben mir nicht einmal 3 volle Wörter für einen einzelnen Tag. Anschließend erweiterte ich das Ganze, zunächst auf eine Woche – was immerhin 19 Wörter erlaubte – danach auf einen Monat, wonach mir sage und schreibe 83 vollständige Wörter und ein gedritteltes zustünden.

Auch wenn Mathe nicht zu meinen Lieblingsfächern zählte und Bruchrechnen erst recht nicht, ging zumindest diese Rechnung auf: Ich hatte soeben eine Menge über die schiefen Gleichungen des Lebens gelernt.

RECHNUNGEN

Und jetzt pass auf: *Dann hätte ich nur diesen einen Satz in einer einzigen Woche sagen dürfen, denn er enthält genau 19 Wörter!*" Wieder lehnte ich mit Rhoda unter dem Birnbaum. Ich erzählte ihr von meinen umwerfenden Berechnungen, wobei ich den Brief, den ich ihr geschrieben hatte, mit keinem Wort erwähnte. Rhoda wiegte anerkennend den Kopf. Der Pferdeschwanz tanzte über ihre Schulter. Sie wusste, wie schwer mir mathematische Gleichungen fielen, und schien meine Anstrengung zu würdigen. Ich beendete meine Rede mit der ebenso schlichten wie tiefsinnigen Frage: „Wenn du nur 500 Wörter in einem halben Jahr hättest, was würdest du schreiben?"

Aber Rhoda beschäftigte etwas ganz anderes. „Und stell dir nur vor: Umgekehrt läuft es genauso! Sie schneiden aus den Briefen, die du bekommst, all das heraus, was ihnen nicht gefällt. Dann bleibt von einem Brief, den Mandelas Frau an Mandela schreibt, am Ende nur übrig: Lieber Nelson. Deine dich liebende Winnie." Rhodas Blick trübte sich ein. Als wäre ein Rollladen runtergegangen.

„Woran denkst du?", fragte ich beunruhigt.

„Wir haben schon furchtbar lange nichts mehr von Pa gehört", wisperte sie. „Ich hoffe, es geht ihm gut."

Ich biss mir auf die Lippen. Ich ärgerte mich über mein Geplapper. Bei all meinem Stolz auf meine wundersamen Berechnungen hatte ich nicht bedacht, dass es für Rhoda kein netter Zeitvertreib war, sondern harter Ernst. Ihr Vater saß tatsächlich im Gefängnis. Seine Briefe kamen nicht an. Und ob Rhodas Briefe ihn erreichten, blieb ebenso fraglich. Auch so konnte ein Vater schweigen.

In der aufkeimenden Stille fiel mir mein Besuch bei Nomsa ein. Vielleicht munterte es Rhoda auf, wenn sie erfuhr, dass ich ihrem Rat gefolgt war? „Gestern habe ich Nomsa besucht", sagte ich. „Ich weiß jetzt, wo sie wohnt."

„Aha, weißt du das?" Rhoda knibbelte ein Stückchen Rinde vom Birnbaumstamm.

„Sie hat Kinder", sagte ich. Ich sprach hastig, als befürchtete ich, der Faden zwischen uns könnte wieder abreißen. „Es sind fünf."

Wieder bröckelte ein Stück Rinde ab. Wenn Rhoda so weitermachte, würde der Baum noch kahl dastehen.

„Ich glaube, sie kämpfen für den ANC!"

„Na und?"

Ich wollte mich nicht aufregen. Aber das empörte mich schon. „Was heißt hier ‚na und'? Der ANC ist immerhin verboten. Das weißt du doch", ereiferte ich mich.

„Natürlich weiß ich das." Rhoda schnipste die Rinde fort. Sie flatterte in hohem Bogen auf den Pausenhof. „Darum möchte ich dir gerne etwas zeigen. Kommst du nach der Schule zu mir?"

„Klar komme ich", murmelte ich. Ich kam mir albern vor. Was maßte ich mir an, Rhoda zu belehren? „Entschuldige, das war dumm von mir."

Aber Rhoda winkte ab. „Das ist schon in Ordnung. Es war auch nicht dumm von dir, höchstens gedankenlos. Denn wenn du dir Gedanken machst, *falls* du dir Gedanken machst, Hendrik Dippenaar, bist du richtig schlau. Geradezu ... *berechnend*." Sie lächelte schief und mein Herz machte einen Sprung. Aber diesmal vor Erleichterung.

Schon möglich, dass ich prima berechnet hatte, wie viele Wörter ich an einem einzelnen Tag hätte schreiben dürfen, wäre ich ein Häftling der Kategorie D auf Robben Island gewesen wie Mandela, für welchen die strengsten Regeln galten. Für Coopers krumme Brüche kam meine fabelhafte Rechenübung jedenfalls eindeutig zu spät. Seine buschigen Augenbrauen zogen sich noch dichter zusammen, als er mir die Klassenarbeit zurückreichte. Das Blatt glänzte unmissverständlich rot. Cooper hatte die meisten Brüche durchgestrichen, mir *einen Strich durch die Rechnung gemacht*. Auch wenn ich durchaus hätte sagen können, dass ich damit gerechnet hatte. Schließlich hatte ich nicht gelernt.

Cooper sah das ähnlich. „Hendrik", knurrte er. „Das sähe besser aus, wenn du üben würdest!"

„Das geht nicht!", zischte es durchs Klassenzimmer. Das kam von Nico. Er zischte es leise. Trotzdem hörte es jeder. „Dazu hat Hendrik viel zu viele andere Sachen im Kopf!"

„Du meinst nicht Sachen", zischelte Dawie ebenso unüberhörbar zurück. „Du meinst *Mädchen*!"

Und dann lachten sie und Dawie lachte mit. Sie lachten laut und es störte sie nicht im Geringsten, dass Cooper ihnen dafür eine Strafarbeit aufbrummte. Sie lachten einfach weiter. Ungehemmt.

KLAVIER DER APARTHEID

Setz dich zu mir, komm!“ Rhoda klopfte auf den Platz an ihrer Seite. Sie hockte auf dem Teppich vor dem Sofa. Die Beine hatte sie aufgestellt. Ich rutschte neben sie, stellte ebenfalls die Beine auf und legte meine Hände daneben. Wenn ich die Finger ein kleines Bisschen weiter nach rechts schob, würde ich an ihre stoßen. Sie berühren.

„Ich wollte dir doch etwas zeigen!“ Rhoda drehte sich um. Sie kroch unter das Sofa. Eine Weile hörte ich sie dort unten herumkramen. Sie hustete. Mit Staubflöckchen an den Knien und einer Pappkiste in den Händen robbte sie wieder heraus.

Es knisterte geheimnisvoll, als sie in der Kiste wühlte, und sicherlich war es auch ein Geheimnis, für das sich der NIS blendend interessierte, wüsste er davon. Meine Finger kribbelten. Ich hob sie hoch und knetete sie.

„Es ist schon alt und etwas verblichen. Trotzdem kannst du es noch lesen.“ Rhoda reichte mir einen Zettel. Er war zweimal gefaltet. „Du darfst nur niemandem davon erzählen, sonst ...“

Sie sagte nicht, was sonst geschähe. Das brauchte sie auch nicht. Ich konnte es mir schon denken. Ihr Vater saß bestimmt nicht wegen nichts im Gefängnis. Es gab durchaus Gründe, warum jemand weggesperrt wurde in diesem Land, auch wenn die Gründe für jeden anders aussehen mochten und man bezweifeln konnte, ob das rechtmäßig zuging.

Ich öffnete den Zettel vorsichtig, weil ich befürchtete, dass er mir in tausend kleine Stücke zerbröselte, sobald ich ihn aufklappte. Rhoda nickte mir aufmunternd zu. Ich las.

Wir, das Volk von Südafrika, erklären vor unserem Land und der Welt: Südafrika gehört allen, die dort leben, Schwarzen und Weißen. Deshalb beschließen wir, das Volk von Südafrika, Schwarze und Weiße gemeinsam, gleichermaßen Landsleute, Brüder und Schwestern, diese Freiheitscharta. Wir verpflichten uns, weder Kraft noch Mühe zu scheuen, bis die hier dargelegten demokratischen Veränderungen verwirklicht sind.

Dann las ich es ein zweites Mal. Und dann ließ ich den Zettel sinken. Mir war, als hätte mir Rhoda eine Anleitung zum Bombenbasteln in die Hand gedrückt. Es war die Freiheitscharta des ANC. „Das geht nicht!“, stammelte ich.

Rhoda sagte nichts. Ich versuchte ihr zu erklären, was mich so verstörte. Aber vielleicht erklärte ich es auch mir selbst. Denn natürlich wusste ich, dass die Freiheitscharta verboten war, verbotener als verboten. Aber daran lag es nicht, weshalb ich es kaum fassen konnte. Es lag an dem, *was* ich gelesen hatte. An seinem Inhalt. „Es geht nicht, weil nirgends steht, dass die Schwarzen die Weißen töten, sobald sie an die Macht kommen. Es ist nicht einmal die Rede davon, dass die Schwarzen allein herrschen wollen!“

Rhoda sagte immer noch nichts, und ich bemühte mich ein letztes Mal. „Es geht nicht, weil hier steht: SÜDAFRIKA IST FÜR ALLE DA!“

„Wo wir schon dabei sind …“ Rhoda stand auf. Sie schlenderte zu dem Regal, in dem ihre Platten standen. Ihre Finger wanderten über die Rücken der Cover, bis sie fand, was sie suchte. Sie zog eine Platte aus der Hülle. „Das war noch nicht alles“, sagte sie. „Mach mal die Augen zu!“

Ich schloss die Augen. Ich hörte, wie der Plattenspieler klackernd ansprang. Die Nadel knackste, als sie das schwarze Vinyl traf. Zwei Männer sangen. Sie sangen ein Lied. Ich öffnete die Augen wieder und nichts war wie zuvor. Denn in dem Lied stellten sie eine Frage, die mir seit geraumer Zeit im Kopf herumspukte. Bloß hatte ich das bislang nicht gewusst.

Ebony and ivory live together in perfect harmony, sangen sie. *Side by side on my piano keyboard, oh Lord, why don't we?*

„Das sind Paul McCartney und Stevie Wonder“, erklärte Rhoda. Sie rutschte zurück zu mir. „Sie singen vom Ebenholz und Elfenbein. Wie die Tasten auf einem Klavier.“

Bei jedem Klavier gab es schwarze und weiße Tasten. Sie ließen sich einzeln spielen, getrennt. Natürlich. Doch erst zusammen entströmte ihnen der ganze Reichtum der Musik. Das klang schmalzig. Traf es aber. Warum sollte es bei Menschen anders sein?

Und dann stellten wir uns ein Klavier der Apartheid vor und prusteten los: Weiße und schwarze Tasten lagen weit voneinander entfernt. Dazwischen hielten Schilder die Ordnung aufrecht: *Whites only. Net blankes. Non-Whites only. Net nie-blankes.* Damit niemand versehentlich die Seiten wechselte, sich kein Raum auftat für Zwischentöne. Möglich war so manches, selbst das Undenkbare. Südafrika bewies es täglich. Doch was für ein Unsinn.

OHRFEIGE

Als ich wieder heimkam, lehnte Ma am Küchenbord, das Ohr hielt sie dicht am Radio, aus dem die täglichen Nachrichten schnarrten: In Johannesburg war die Polizei mit Tränengas und Casspirs in ein Township eingerückt; mit Schlagstöcken prügelten sie die Leute wieder friedlich. In einer Mine hatte es eine Explosion gegeben. Man munkelte, es sei kein Unfall gewesen. Die Bombe, die in Pretoria ein Auto in die Luft gejagt hatte, war es jedenfalls eindeutig nicht. Dagegen hatte das Militär das ANC-Büro in Maputo und jenes in Lesotho angegriffen. 42 Menschen starben.

„Und wenn Miems Recht behält? Sie reden mit Mandela und lassen ihn tatsächlich eines Tages frei? Wäre das nicht furchtbar?“ Ich hatte Ma noch nie so bleich gesehen, bleicher als die Wand hinter ihr, bleicher als das Geschirrtuch, das Nomsa gerade bügelte, mit unbeweglicher Miene, die nicht verriet, ob sie mitbekam, was Ma sagte. „Was soll dann erst werden, wo bereits jetzt solch verheerende Zustände herrschen?“

Pa raschelte mit der Zeitung, was seine Zustimmung bedeuten mochte. Christie saß auf einem Hocker daneben. Sie kämmte Esties Puppenhaar, als wären feingekämmte

Haare das Wichtigste auf der Welt, während anderswo die Menschen starben. Ma fuchtelte sich in immer größere Empörung. „So sind sie, die Schwarzen. Lautlos schleichen sie sich von hinten heran und überfallen uns rücklings, wenn wir nicht aufpassen."

Jetzt legte Pa doch *Die Burger* weg. „Nun, es stimmt schon", brummte er. „Ehe wir's uns versehen, verlottert dieses Land, das wir unter solch großen Mühen und Entbehrungen aufgebaut haben."

Ich lehnte in der Tür. Ich hörte, was meine Eltern sagten, und dabei dachte ich an Isisa, Enzokuhle und Amukelanie, wie sie in Nomsas Schuhschachtelhütte eng beieinander saßen, weil es nicht mehr Platz gab, und über die Zukunft nachdachten, was sich alles ändern musste: Schulen für jedes Kind. Dazu Lehrer, die selbst etwas gelernt hatten, sodass sie ihr Wissen weitergeben konnten. Mit Trinkwasser, Toiletten, Licht und Telefon. Bisher musste eine einzige Telefonzelle für 26 000 Bewohner genügen.

„Ah, Hendrik!" Ma hatte mich entdeckt. Sie stellte das Radio ab. „Hast du auch die Nachrichten gehört? Ist es nicht entsetzlich?" Und dann sprach sie aus, was sie sonst nie laut aussprach: „Diese abscheulichen *Terroristen*!"

Vor nicht allzu langer Zeit hatte Ma an Bord der South Star aller Welt erklärt, Christie bräuchte den Möwen kein Brot zu geben, wir würden uns schon genug um andere kümmern, auch um die Schwarzen.

„Warum sind die Schwarzen denn so unzufrieden, wo wir sie doch mit allem versorgen, was sie brauchen?", platzte es aus mir heraus.

Ich hätte es nicht für möglich gehalten, dass Ma blasser werden könnte. Aber das wurde sie, eindeutig. „Hendrik! Was fällt dir ein? Wie redest du mit uns?"

Nomsa warf mir einen warnenden Blick zu. Vielleicht wollte sie mich daran hindern, weiterzusprechen. Doch die Fragen würgten mich im Hals. Ich musste sie ausspucken, ich erstickte sonst daran. Seit ich bei Rhoda das Lied gehört hatte, wusste ich auch, dass das möglich war: Man konnte seine Frage stellen. „Warum habt ihr mir nie etwas von Sharpeville erzählt?", rief ich. „Wieso weiß ich nichts über den Aufstand in Soweto?"

Mandela hatte behauptet, er kämpfe mit Worten. Das war mir unsinnig erschienen. Jetzt verstand ich, was Mandela meinte: In die Küche zog augenblicklich ein frostiges Schweigen ein, als hätte jemand den Kühlschrank geöffnet.

Es reizte mich nur mehr.

„Und warum erklärt ihr mir andauernd, man müsste Schwarze und Weiße trennen, weil die Schwarzen uns sonst alle töten, wenn in der Freiheitscharta etwas völlig anderes steht?"

Pas Ohrfeige traf mich schneller, als ich blinzeln konnte.

Ich erinnerte mich nicht, wann er mich zuletzt geschlagen hatte. Doch wie er es machte, verriet, dass es nicht zum ersten Mal geschah. Nur war ich nicht länger der Knirps, der seinen Ohrfeigen schutzlos ausgeliefert war und sie darum schnellstmöglich vergaß. Ich war größer. Älter. Mündig. Pa merkte es selbst: In seinen Augen mischte sich neben dem Zorn, der ihn hatte ausholen lassen, ein ungläubiges Staunen. Kurz dachte ich, er würde sich bei mir entschuldigen. Das war natürlich Quatsch. Pa sagte nichts. Ich sagte auch nichts. Nur Christie plärrte umso lauter los, als hätte sie die Maulschelle abbekommen, das Dummerchen!

„Hendrik, geh auf dein Zimmer! Sofort!“, befahl Ma, die mein Zimmer offenbar als nützliche Einrichtung betrachtete, wo sie mich jederzeit wegschließen konnte.

In meinem Zimmer lief ich auf und ab, vier Schritte in die eine Richtung, vier in die andere. Anfangs lief ich flott, rastlos, wie ein eingesperrtes wildes Tier, das nicht verstand, warum seine Welt mit einem Mal so eng geworden war. Mandelas Zelle auf Robben Island sei ähnlich klein gewesen, hatte Pa erzählt. Nun kam mir mein Zimmer tatsächlich wie eine Zelle vor. Allmählich wurde ich langsamer. Ich dachte nach. Erst über Pa, dann über mich, bis ich begriff, wie traurig es mich machte, dass er mich schlug, statt mit mir zu reden.

Schließlich setzte ich mich an den Schreibtisch. Ich sah aus dem Fenster. Vom Township stiegen Rauchsäulen auf.

Ich betätschelte meine Wange. Sie glühte noch immer, als wäre Pa mit seinem heißen Bügeleisen darüber geschrubbt. Da fiel es mir ein: Ich war zwar traurig, aber ich war auch wütend. Und hatte nicht irgendjemand mal gesagt, ein schlauer Mensch – vermutlich Tante Miems – Wut sollte man nicht ungenutzt verpuffen lassen, sie wäre eine große Kraft, so etwas wie Energie? Das war es! Ich würde etwas *tun*.

Ich holte ein Blatt Papier aus der Schublade und einen Stift. Ich wollte schreiben. Aber diesmal schrieb ich keinen Brief. Ich schrieb den Aufsatz für Juffrou Daniels.

UNSER ALLER PRÄSIDENT

Allerdings blieb ich gleich am Anfang stecken. Denn wo lag der Anfang? Es war alles ziemlich knifflig und sehr verworren.

Begann Südafrikas Geschichte mit der Gründung der Republik Südafrika 1961? Oder hatte es das Land schon gegeben, als es noch die südafrikanische Union hieß? Was aber, wenn ich weiter zurückging? Dingaans Krieger hatten gegen die Voortrekker gekämpft an jenem Dezembertag 1838, Gelofdedag. 9 Grenzkriege in 100 Jahren hatte es gegeben. Briten kämpften gegen Niederländer, Niederländer fochten gegen Zulus. Nachdem John Graham die Xhosa aus dem Zuurveld vertrieben hatte, wurde fast ganz Südafrika britisch. Oder hatte es noch früher begonnen, 200 Jahre zuvor, als im April 1652 Jan van Riebeeck den afrikanischen Kontinent das erste Mal betrat? Doch auch er hatte bereits Menschen angetroffen; das Land war niemals leer gewesen. Von diesen Menschen, die sich schlicht *Khoikhoi* und *San* nannten – denn nichts anderes bedeutete Khoi, nämlich Mensch – lernten die Kapkolonisten, wie man Koeksisters buk. Rhodas Ma hatte außerdem erzählt, wenn auch beiläufig, Mandela sei der Ziehsohn eines Königs gewesen. Hatte dieses Land demnach einst aus Königreichen bestanden?

Ich legte den Stift beiseite. Jetzt erschien es mir erst recht undenkbar, dass ich den Aufsatz je zustande brachte. Ich konnte doch schlecht bei der Schöpfung beginnen!

Der Globus hatte mir schon oft geholfen. Ich drehte ihn, und während er kreiselte, stellte ich mir vor, wie das Magma in seinem Inneren gegen die Erdkruste schwappte, bis es an die Oberfläche spuckte, abkühlte und zu Landmassen und Bergen gerann. Ich wusste beschämend wenig, erst recht nichts über irgendwelche Anfänge. Aber vielleicht war gerade das ein Anfang? Zugeben, dass ich nichts durchschaute, nichts überblickte? Anfangen mit dem Eingeständnis, dass der Beginn im Dunkeln lag? Ebenso ungewiss erschien naturgemäß das Ende. Wer war schon imstande vorherzusagen, wie eine Sache ausging? Dann aber konnte die Geschichte morgen schon eine unerwartete Wendung nehmen, Mandela käme frei, wie Ma befürchtete, er blieb nicht im Gefängnis, obwohl es einmal so entscheiden worden war, und wurde – oh, aufwühlender Gedanke! - unser aller Präsident? Ich hielt den Globus an. Mochte sich die Welt pausenlos im Kreis drehen, manche Dinge änderten sich eben doch.

Danach hatte ich so viel gedacht, dass es selbst mir zu viel wurde und ich fing einfach an. Ich schrieb. Ich schrieb: *Eine andere Geschichte Südafrikas.*

SEGEN

Ich konnte es kaum erwarten, Nomsa und die anderen endlich wiederzusehen. Weil ich inzwischen täglich lief, brauchte ich auch keine Ausrede mehr. Ich schnappte meine Tekkies und trabte los, im steten Dauerlauf über das Feld und hinterher ebenso flott wieder zurück. Ich wurde immer flinker. Immer kräftiger. Meine täglichen Liegestütze hatte ich mittlerweile auf fünfzig aufgestockt.

Nomsa begrüßte mich, als zählte ich längst zur Schar der Kinder, die ständig ihre Hütte bevölkerten. Wieder bettelte Dyshiki um Süßigkeiten. Diesmal hatte ich ihr einen Lolli mitgebracht. Isisa nickte mir zu, als hätte ich eine gute Tat vollbracht, ihre Brüder klopften mir lässig auf die Schulter.

„Na, *Bhutana*, kleiner Bruder, geht es dir gut?", fragten sie. „Und wie geht es Madiba?"

„Madiba?", wunderte ich mich.

„Nelson Mandela", erklärte Nomsa.

„Letztens Tata. Heute Madiba. Was denn nun?"

„Madiba bedeutet Väterchen in unserer Sprache", sagte Nomsa.

„Das wird ja immer vertrackter!" Ich seufzte.

Nomsa lachte. „Das ist noch nicht alles. Madiba ist auch der Name der Königsdynastie, der Mandela angehört. Und nun wird es noch verzwickter. Hast du gewusst, dass Mandela den Namen Nelson erst von den Methodisten in der Missionsschule bekam, auf die ihn seine Mutter schickte? Seine Eltern nannten ihn Rolihlahla."

„Rolihlahla." Ich versuchte, den fremden Namen nachzusprechen. Doch er lag sperrig auf meiner Zunge, als knackten Äste in meinem Mund.

„Das bedeutet es auch!" Nomsa grinste, als ich ihr davon erzählte. „*Der an einem Ast zieht.* Man könnte auch sagen: Mandela ist ein Unruhestifter!"

„Ein Störenfried!", rief Isisa.

„Das ist er allerdings geworden", sagte Amukelanie.

„Ja, aber einer, der am falschen Frieden wackelt", ergänzte Enzokuhle.

„So wie du, Bruderherz!", neckte Amukelanie.

„Mandela war schon immer eigenwillig. Vielleicht liegt es wirklich an dem Namen, den ihm seine Eltern gegeben haben?", überlegte Enzokuhle. „Wisst ihr noch, wie Häuptling Jongintaba eine Braut für ihn aussuchte? Und er rannte weg?" Die drei prusteten los.

„Er ist ... weggelaufen?", fragte ich.

„Ja", gluckste Enzokuhle. „Aber vielleicht sollten wir dir die Geschichte von Anfang an erzählen?"

„Oh ja, bitte", sagte ich. Ich wollte noch viel mehr erfahren von Mandela, Nelson, Tata Mandela oder Madiba.

Enzokuhle räusperte sich. „Aber wo fangen wir an?"

Die Frage kannte ich!

„Am Anfang!", sagte Isisa. „Bei seiner Geburt!"

„Jeder beginnt klein", stimmte Nomsa zu. „Selbst die großen Leute waren einmal Babys."

„Auch Mandela“, bestätigtet Amukelanie. „Er kam als Sohn eines angesehenen Dorfvorstehers zur Welt. Sein Vater beriet König Jongintaba, das war Mandelas Onkel. Später schickte ihn seine Mutter auf die Missionsschule in Qunu, wo ihm die Lehrerin gleich am ersten Tag den Namen Nelson gab. Bestimmt konnte sie seinen afrikanischen Namen nicht aussprechen.“

Ich nickte. Nachdem ich mich abgemüht hatte, Mandelas Kindheitsnamen auszusprechen, erschien mir das wahrscheinlich.

„Immerhin war es der Name eines Generals“, sagte Isisa. „Ihr wisst schon: Lord Admiral Nelson, der erfolgreich auf den Meeren kämpfte.“

„Was auch immer daran erfolgreich war“, überlegte Amukelanie. „Wie dem auch sei: Als Mandela neun Jahre alt wurde, starb sein Vater. König Jongintaba nahm ihn daraufhin bei sich auf wie einen eigenen Sohn. Sicherlich hat Madiba am Königshof viel von dem gelernt, was ihm später nützte. Ich meine, habt ihr schon mal erlebt, wie ein Thembu-König Streit schlichtet?“

„Alle sagen, was sie denken, er hört allen zu“, sagte Enzokuhle. „Erst danach trifft er seine Entscheidung. Die allerdings ohne Wenn und Aber gilt.“

„Das geht völlig anders zu als bei einem Gericht, das seine Urteile nach Gesetzen fällt“, meinte Isisa.

„Trotzdem wollte Mandela Jura studieren. Am University College von Fort Hare lernte er Englisch, Anthropologie, Politik, römisch-holländisches Recht und sogenannte Eingeborenenverwaltung.“ Amukelanie zählte es an den Fingern ab. Fünf Finger. Nomsas Faust! „Später hätte er sich als Beamter um *Eingeborenenangelegenheiten* gekümmert."

„Da ging es allerdings schon los!" Enzokuhle grinste. „Als Madiba wegen der schlechten Verpflegung zum Streik aufrief, wurde er von der Uni geworfen. Zur Strafe veranlasste König Jongintaba eine Heirat."

„Und was macht Mandela? Murmelt er brav Ja und Amen, senkt den Kopf und fügt sich?", fragte Amukelanie in die Runde.

„Nein, er haut ab!", brüllten sie einstimmig.

„Und nahm obendrein die Ochsen für den Brautpreis mit!" Sie lachten, Enzokuhle klatschte sich auf die Schenkel.

„Mandela flüchtete nach Johannesburg. Dort arbeitete er zunächst als Nachwächter in den Minen", nahm Amukelanie den Faden wieder auf, nachdem sie sich beruhigt hatten.

„Joburg eignet sich hervorragend zum Untertauchen", flüsterte mir Isisa zu. „Die Stadt ist riesig. Eine Stadt, gebaut auf Gold, das die Menschen anlockt wie Motten das Licht"

„In Joburg traf Mandela Walter Sisulu. Bald zählte er zu seinen engsten Freunden", berichtete Amukelanie weiter. „Als ihm Mandela gestand, dass er gerne Jura studieren würde, brachte Sisulu ihn zu einem weißen Rechtsanwalt. Bei ihm lernte Mandela, bis er 1952 gemeinsam mit Oliver Tambo, den er noch aus Fort Hare kannte, eine Kanzlei eröffnete. Es war die erste Anwaltskanzlei, die von Schwarzen geleitet wurde."

„Und auch die erste, die sich für Schwarze einsetzte", betonte Enzokuhle.

Dass Mandela Anwalt war, hatten mir Rhoda und ihre Mutter schon erzählt. Trotzdem wunderte ich mich, wie Amukelanie, Nomsa und die anderen all diese Dinge über Mandela wussten. Dabei verstaubte er seit Jahren von aller Welt vergessen im Gefängnis.

„Amukelanie, woher wisst ihr das?"

„Vieles wissen wir, weil Mandela den ANC leitet und wir die Menschen, die uns vorangehen, kennen. Aber ich weiß es auch von ihm selbst. Ich saß mit ihm auf Robben Island."

Damit hatte ich nicht gerechnet.

Amukelanie sah mir an, wie sehr es mich erschütterte. „Es war keine leichte Zeit", sagte er. Er sagte es so sanft, als müsste er mich trösten, dass sie ihn eingesperrt hatten. „Aber die Insel hat mir Dinge beigebracht, von denen ich zuvor nicht einmal eine Ahnung hatte. Genauso wie Mandela, der unser aller Lehrer war. Erst durch ihn habe ich begriffen, was Ubuntu bedeutet."

„Ubuntu!" Mir entrutschte ein leiser Aufschrei. Ich schlug mir auf den Mund. Doch da war es wieder, jenes merkwürdige Wort, das Tante Miems erwähnt, aber nicht erklärt hatte.

„Davon hast du wohl auch schon gehört?" Amukelanie schmunzelte. Dann fügte er ernsthafter hinzu: „Auf der Insel konnten wir nicht fortlaufen und eines Tages wird es wieder so sein: Wir werden zusammen leben. Schwarze, Weiße, Coloureds, Inder. Es geht nicht darum, den anderen zu besiegen. Es geht um Freiheit und Versöhnung."

Ich dachte an die Ohrfeige, die mir Pa verpasst hatte. Unwillkürlich fasste ich an meine Wange. Wieder fühlte ich sie brennen, als hätte mich Pas Schlag eben erst getroffen. „Selbst wenn der andere dir wehtut?“, fragte ich.

„Selbst dann“, nickte Amukelanie. „Oder vielmehr: gerade dann. Schlägt dich der Polizist, schlägt er auch mich. Er verletzt jeden in der Welt. Aber er verletzt auch sich selbst. Der Wärter, der einen anderen niederknüppelt, zerstört seine eigene Würde. Vergibst du ihm, gibst du ihm seine Würde zurück. Du stellst seine wie deine Menschlichkeit wieder her. Wir sind nur darum Menschen, weil es andere Menschen gibt. Das meint Ubuntu.“

„Ubuntu ist kostbarer als alles Gold und alle Diamanten, wegen denen sie in dieses Land eingefallen sind und es plündern.“ Nomsa hatte bisher stillschweigend zugehört, jetzt mischte sie sich umso hitziger ein. „Ubuntu ist unser Schatz. Wir dürfen ihn niemals verlieren!“

„Das werden wir auch nicht, Mama“, beruhigte Enzokuhle. „Da können sie sich noch so anstrengen. Was einem inwendig gehört, lässt sich nicht stehlen.“

„Die Apartheid will uns trennen“, nickte Amukelanie. „Das bedeutet *apart* ja, es heißt *getrennt* auf Afrikaans. Sie haben uns geteilt, als wären wir eine Aufgabe im Bruchrechnen: in Bezirke, Schulen, *Homelands*. Selbst auf Bahnsteigen, in Bussen und an Stränden unterscheiden sie zwischen Schwarz und Weiß.“

„Und nie zu unseren Gunsten!“, polterte Enzokuhle.

Amukelanie hob beschwichtigend die Hand. „Die Apartheid soll uns auseinanderbringen, uns entzweien. Gelingt es nicht, werfen sie uns ins Gefängnis. Doch auf Robben Island sind wir einander begegnet. Wir haben bald festgestellt, dass wir nicht so verschieden sind, wie sie es uns einreden wollen. Ob Zulu oder Xhosa spielte keine Rolle. Kannst du nicht weglaufen, gehst du nach innen. Vor dir selbst kannst du auch nicht weglaufen. Alle Selbstbezogenheit bröckelt ab wie alter Putz. Jedes noch so große Ich schrumpft mit der Zeit, die es sich selbst überlassen hinter Gittern weggesperrt verkümmert." Amukelanie betrachtete seine Hände. „Madiba hat einmal gesagt, die Zelle sei ‚der ideale Ort, um sich selbst kennenzulernen, auf regelmäßige und klare Weise den eigenen Geist, die eigenen Gefühle zu erforschen'."

Ich erinnerte mich, wie ich in meinem Zimmer hin- und hergelaufen war, bis ich begriff, wie sehr ich mich nach Pas Worten sehnte. Aber die Wut über ihn brodelte immer noch in mir.

„Wie lange warst du auf Robben Island, Amukelanie?", fragte ich.

„Lange genug, um manches zu verstehen."

„War es schlimm?"

„Schlimmer. Einmal mussten wir einen Kameraden bis zum Hals in Erde eingraben. Die Wärter haben auf ihn gepinkelt." Ein Schauder rieselte über meinen Rücken. Amukelanie legte eine Hand auf meine Schulter. „Ich bin wieder draußen, Hendrik. Aber ich habe mich verändert. Das sagte Madiba auch: ‚Dass wir da einfach alleine dasitzen und nachdenken können, schenkt uns die Möglichkeit, uns zu verändern.'" Amukelanie klopfte auf seine Stirn. Über seiner linken Augenbraue verlief ein feiner heller Strich. „Ich trage meine Narben. Aber ich kämpfe nicht länger mit der Wut, die zuvor in mir getobt hat. Jetzt verfolge ich ein Ziel, das mich nicht mehr blindlings zuschlagen lässt. Kennst du Bischof Desmond Tutu?"

Ich schüttelte den Kopf.

„Er nennt es die *Regenbogennation.* So wird es eines Tages sein. Wie ein Traum, nur dass es kein Traum ist. Du und ich, jede Frau, jeder Mann, jedes Kind, ob schwarz oder weiß, vereint wie in einem Regenbogen, obwohl wir alle einzigartig sind. Ist das nicht ein schönes Bild?"

„Es ist schön", murmelte ich.

„Bis dahin ist es allerdings ein weiter Weg!", erinnerte Enzokuhle.

Amukelanie nickte. „Das ist wahr. Es ist mühevoll, fast anstrengender als die Arbeit im Steinbruch, wenn man lernt, mit der eigenen Bitterkeit umzugehen, die verpassten Jahre und alles Erlittene nicht in Groll zu verwandeln. Wir fühlten uns wie auf dem Abstellgleis, während draußen das Leben vorbeirauschte. Weißt du, was Mandela alles versäumt hat? Er durfte seine Kinder nicht sehen, seine Frau niemals umarmen. Man ließ ihn nicht zur Beerdigung seiner Mutter. Als Tembi starb, stand er nicht an seinem Grab, wie es jeder Vater tun sollte. Und denk nur an die vielen Dinge, die währenddessen in der Welt geschahen! Wir haben sie nicht mitbekommen. Besonders schlimm war es, als die Nachricht vom Blutbad in Soweto allmählich zu uns durchsickerte. Wir konnten es nicht fassen! Damals hat Mandela gesagt: ‚Mir war immer klar, dass Unterdrücker wie Unterdrückte gleichermaßen befreit werden müssen.'"

„Ein Mensch, der einem anderen die Freiheit nimmt, ist Gefangener seines Hasses. Er sitzt hinter den Gitterstäben des Vorurteils und der Engherzigkeit. Ich bin nicht wirklich frei, wenn ich einem anderen Menschen die Freiheit nehme, so wenig wie ich frei bin, wenn mir das Menschsein versagt wird. Unterdrücker und Unterdrückte werden gleichermaßen ihrer Menschlichkeit beraubt." Das waren schwere Worte. Sie kamen von Enzokuhle, der nicht länger aufbrausend klang. Danach schwiegen wir eine Weile, als müssten sich die Worte erst setzen wie aufgewirbelter Sand in einem Bach. Mandela mochte abgemagert sein in den Jahren hinter Gittern, doch er besaß ein Gewicht, das einem Boxer der Schwergewichtsklasse alle Ehre gemacht hätte. Pa und die anderen Wärter sollten dafür sorgen, dass keiner etwas von Mandela hörte. Trotzdem hatten ihn Nomsa, Enzokuhle, Amukelanie, Isisa, Rhoda und ihre Eltern gehört. Mehr noch: Sie hörten *auf* ihn.

Insgeheim ertappte ich mich dabei, wie ich in meinem Kopf, wo wir unter uns waren und uns niemand belauschte, ein Gespräch mit Pa begann. Was würde ich ihm sagen, wenn er mir nur einmal zuhörte? Was würde er antworten? Und dann beschloss ich, dieses seltsame Ubuntu selbst zu versuchen. Ich würde Pa die Ohrfeige verzeihen, obwohl sie sich mit dem Schlimmen, das den Männern auf Robben Island angetan worden war, natürlich nicht vergleichen ließ. Ich war nicht bis zum Hals in Erde eingegraben gewesen. Niemand hatte auf meinen Kopf gepinkelt oder mir die Fingernägel ausgerissen, weil ich nicht ausplauderte, was sie von mir hören wollten. Trotzdem hatte Pas Ohrfeige wehgetan, und warum sollte Ubuntu nicht genau dort anfangen, wo es wehtat, auch wenn es Kleinigkeiten waren?

„Aber genau deshalb werden wir weiterhin für unsere Freiheit kämpfen", sagte Enzokuhle und seine Stimme bekam wieder jenen streitbaren Klang, der mir nun schon öfter an ihm aufgefallen war. „Madiba sagte nämlich auch, dass diese Regierung niemals ohne Gewalt zur Einsicht kommt. Erinnert ihr euch an das Interview, das er dem britischen Fernsehen gab? Das Apartheidsregime verweigert jede Unterredung, obwohl wir die Mehrheit der Bevölkerung stellen, sagte er damals. Stattdessen behandelt sie alle Schwarzen, als wären sie nicht einmal Menschen!"

„Sie reden nicht mit uns, das stimmt", sagte Nomsa, „aber vergesst nicht: Ulunya lubuz' olunye. Eine böse Tat bringt die nächste hervor!" Juffrou Daniels hatte einmal etwas Ähnliches gesagt, erinnerte ich mich: Wie ein Stein, der ins Wasser fiel, zog Gewalt Kreise um sich. „Bei allem notwendigen Kampf benötigen wir deshalb auch Besonnenheit und Geduld! Amandla!" Nomsa reckte eine Faust in die Luft.

„Ngawethu", antworteten die anderen wie aus einem Mund und hoben ebenfalls die Fäuste.

„Du hast völlig recht, Mama, wie immer", lächelte Enzokuhle. „Steter Tropfen höhlt den Stein, und wer hastig isst, verschüttet die Suppe. Trotzdem müssen wir uns nun sputen. Unsere *Indaba* fängt gleich an."

„Indaba?", fragte ich.

„Eine Versammlung", erklärte Isisa und ich dachte: Was würde der NIS darum geben, wenn er dabei sein könnte?

Doch bevor Enzokuhle und Amukelanie gingen, sangen sie. Sie sangen „Nkosi Sikelel' iAfrika". Ich traute meinen Ohren kaum. War das nicht das Lied, vor dem Pa immerzu warnte? Die Hymne des ANC, der uns angeblich alle vernichten wollte? Vermutlich klappte in dem Augenblick mein Mund auf und ich ließ ihn offen stehen, bis mich Isisa anstupste. „Hey, Hendrik, was ist los? Hol mal wieder Luft!"

„Das Lied …“, stotterte ich. „Pa sagt, es sei gefährlich.“

„Oh, bestimmt.“ Isisa kicherte. „Es ist sicherlich wahnsinnig gefährlich, wenn Gott segnet. Denn nichts anderes bedeutet Nkosi Sikelel’ iAfrika: Gott segne Afrika.“

Das aber sagte auch der Pfarrer jeden Sonntag in der Kirche, während er die Arme über der Gemeinde ausbreitete wie eine Fledermaus: Gott segne euch, ER segne Afrika!

Was um alles in der Welt sollte daran falsch sein?

TRAUM VOM REGENBOGEN

Ich träume. Es ist Nacht. Ich bin barfuß. Ich laufe über das Feld.

In der Dunkelheit klirrt die Luft von nahem Frost. Tau heftet sich an meine Fußsohlen. Mich fröstelt. Ich laufe tastend, die Arme ausgestreckt, als wäre ich blind. Da zerreißt ein Blitz die Schwärze. Ich stehe wie geblendet. Dann aber tanzen tausend Farben vor meinen Augen. Ein Regenbogen, bunter als bunt, spannt sich über das Feld. Als umarmte er die ganze Welt.

LACHEN

Kommst du zu mir nach der Schule?" Wieder lehnten Rhoda und ich unter dem Birnbaum. Nur wir zwei. Keiner störte uns. Es gab niemanden an der gesamten Schule, der Wert auf unsere Anwesenheit legte. Wir hätten alle Zeit der Welt allein verbringen können. Trotzdem ging es nicht.

„Leider kann ich nicht", sagte ich.

„Ach, und wieso nicht?" Rhoda warf mir einen Blick zu, als wollte sie mich röntgen.

„Weil ich trainiere." Ich dachte an meinen Traum. Tastend war ich durch die Nacht gestolpert, bis ich im Regenbogenland erwachte. So wird es einmal sein. Das sagte Desmond Tutu. Dafür kämpfte Nelson Mandela. Das war der Traum, den sich Nomsa, Enzokuhle, Isisa, Amukelanie und ungezählte anderen teilten. Vermutlich auch Rhoda.

„Seit wann treibst du so viel Sport, dass du keine Zeit mehr hast?" Rhoda ließ nicht locker. „Willst du nicht wenigstens ein paar Platten hören? Ich habe sogar eine von Johnny Clegg!"

„Sport hält gesund", sagte ich. „Außerdem macht es klug und stark." Ich klang wie Meneer van Zyl, wenn er seine Arbeitsblätter austeilte. Peinlich. Aber Rhoda glaubte mir ohnehin kein Wort. Ihre Augenbrauen wanderten tief in den dunkelbraunen Pony. Ich knickte ein. „Das habe nicht ich mir ausgedacht“, gab ich zu. „Nelson Mandela hat es gesagt. Er sagt auch, Sport helfe, die Abgründe zwischen den Menschen zu überwinden, er könne sogar die Welt verändern! Kannst du dir das vorstellen?“

„Das sagt ... Mandela?“

Nicht nur Nomsa kannte Sprichwörter, auch ich hatte eins auf Lager. „Steter Tropfen höhlt den Stein“, sagte ich. Denn so war das mit Mandela und mir, wenn auch umgekehrt: Seine Worte waren in mich gesickert wie die kohlensäurehaltigen Wassertropfen, die von der Decke einer Höhle perlten. Bis sich ein Tropfstein bildete. Wobei ich der Tropfstein war, um beim Vergleich zu bleiben. Ich hatte das Gefühl, dass ich stärker geworden war in der letzten Zeit. Belastbarer. Zumindest was den Sport anging.

„Ich bin inzwischen richtig flott“, prahlte ich. „Ich laufe anderthalb Stunden, ohne dass ich aus der Puste komme. Außerdem schaffe ich 55 Liegestützen hintereinander. Soll ich es dir mal zeigen?“

Während ich redete, starrte mich Rhoda an, als spräche ich Englisch, Afrikaans, isiZulu, Siswati, Süd-Ndebele, Sesotho, Sepedi, Xitsonga, Setswana, Tshivenda, isiXhosa, alle Sprachen dieses Landes gleichzeitig. Aber dann rutschte ihre Lippe schräg nach unten und sie fing an zu glucksen. Bald lachte sie aus vollem Hals, als könnte sie den Hals nicht voll bekommen, und sie lachte und lachte und lachte immer noch, als sich alle zu uns umdrehten und mit den Augen rollten. Nichts hätte uns gleichgültiger sein können, und ich dachte, vielleicht ließ sich auch so der Welt die Zähne zeigen: Man lachte ihr einfach ins Gesicht.

BIKO

Wieder lief ich ins Township. Wieder spielten Kinder auf der Straße. Diesmal reichten sie sich eine alte Blechbüchse durch die Beine. Dabei hieß das Spiel *Gib mir den Ball.* Das hatte Isisa mir erklärt. Nur hatten sie meistens keinen Ball. Dann musste etwas anderes genügen. Ich entdeckte Dyshiki zwischen den Kindern. Sie winkte mir zu. Ich winkte zurück.

Nomsas Hütte fand ich längst, ohne mich unter den Dutzend ähnlichen Hütten zu verlaufen, wie es mir anfangs oft ergangen war. Doch diesmal hing die Stimmung schwer im Raum, als fehlte die Luft zum Atmen. Nomsa drückte mich fest an sich. Ihre Augen schimmerten feucht. Die anderen saßen auf dem Bett und sahen mich betrübt an.

„Was ist los?", fragte ich besorgt. „Ist etwas geschehen?"

„Heute ist ein trauriger Tag", sagte Nomsa. „Fünf Jahre, seit Biko nicht mehr bei uns ist. Fünf lange Jahre ohne ihn."

„Wer ist Biko?"

„Stephen Biko", erklärte Amukelanie. „Er hat sich für unsere Rechte eingesetzt. Jetzt ist er tot."

„Wir haben schon viel zu viele verloren", sagte Nomsa, „lauter hoffnungsvolle junge Leute, die heute Väter oder Mütter hätten sein können, Lehrerinnen, Anwälte."

„Wie ist er denn gestorben?“, fragte ich.

„Aber er ist nicht gestorben!“ Isisa funkelte mich entrüstet an. „Wie kommst du nur darauf, seinen Tod zu verniedlichen? Es war Mord, Hendrik! Sie haben ihn *umgebracht*.“

„Hey, ho, langsam, Isisa!“ Amukelanie legte seiner kleinen Schwester eine Hand auf den Arm. „Wie soll Hendrik all das wissen, wenn ihm niemand davon erzählt?“

„Das ist auch wieder wahr“, murmelte Isisa. „Deshalb sollten wir es tun!“ Sie klopfte auf das Bett und ich setzte mich zu ihnen. Dann erzählten sie. Sie erzählten mir von Stephen Biko.

Damals war ich sieben. Ich lebte auf einer Insel, die tagein, tagaus von Wasser umspült wurde, und ahnte nicht, was 800 Kilometer weiter entfernt geschah. Als wäre ich genauso abgeschnitten gewesen von der Welt wie Mandela, der zur selben Zeit in seiner Zelle festsaß mit dem großen Unterschied, dass Mandela sehr wohl wusste, welche Ungerechtigkeit jenseits seiner Gitterstäbe vor sich ging. Aus keinem anderen Grund hatte man ihn schließlich weggesperrt. Damit er sich nicht einmischte, er nicht dazwischenfunkte, er Ruhe gab. Mir hingegen dämmerte kein einziges Mal, dass mit der Welt, wie ich sie kannte und genoss, etwas nicht stimmen könnte.

Und während die Polizisten den gefolterten Biko wie einen leblosen Sack Kartoffeln in den Kofferraum ihres Landrovers warfen, um ihn auf unbefestigten Holperstraßen 1190 Kilometer nackt und bewusstlos ins nördlich gelegene Pretoria zu rumpeln, wobei seine Verletzungen mit jedem Schlagloch schlimmer wurden, schlief ich in meinem warmen Bett und träumte von einem unverfänglichen Leben voller Koeksisters und Vetkoek.

Ich hatte nichts gewusst von alledem. Wieder köchelte die Wut in mir hoch. Warum hatten mir meine Eltern nichts davon erzählt? Andererseits hatte ich auch nie danach gefragt.

„Mach dir keine Vorwürfe!" Nomsa strich mir über den Kopf, als wollte sie die anklagenden Gedanken fortwischen. „Du warst noch klein, ein Kind, und Kinder lernen von dem, was sie bei den Eltern sehen. Wie junge Bäume wachsen sie im Schatten der alten, die sie beschützen."

Oder ihnen das Licht wegnehmen, hätte ich gerne hinzugefügt. Dann können sie nicht weiterwachsen und müssen die Alten beiseiteschieben, damit sie nicht verkümmern. Aber das sagte ich nicht laut, das dachte ich nur.

„Es braucht Zeit, bis etwas reift", tröstete Nomsa. „Denk an den Tau! Je heißer der Tag brennt, desto ergiebiger netzt Tau am Morgen die Erde, mag es regnen oder nicht. Hab Geduld, Lindelami! Dann siehst du, wie sich manche Dinge ändern. Geduld ist das Kamel, das dich durch die Wüste bringt. Am Ende der Geduld aber öffnet sich der Himmel."

Von da an nannten sie mich Lindelami. Damit ich es nicht vergaß: Ich brauchte Geduld. Denn das bedeutete der Name: *Hab Geduld*!

Auch das hatte ich nicht gewusst.

„Alle Zulu- oder Xhosa Namen bedeuten etwas", sagte Isisa. „Sie sind Prediger mit einer Botschaft für den, der sie trägt."

„Du sagst es, kleine Schwester", neckte Enzokuhle, „und du wächst in ihren Sinn hinein wie in die abgelegten Hosen deines großen Bruders, den du immer so bewundert hast!"

Isisa verpasste ihm einen Knuff. Enzokuhle lachte. Es war das erste Lachen, das ich an diesem Tag in Nomsas Hütte hörte.

Enzokuhle hieß *Der, von dem Großes erwartet wird*, Amukelanie bedeutete *Annahme*, wobei sich beide – genau wie es ihre Namen besagten – andauernd zankten, was als Nächstes zu tun sei, wann, wie und ob überhaupt.

Nur bei Dyshiki brauchte ich nicht fragen, es war klar, was ihr Name meinte: Sie war *diejenige, die Süßes liebt.*

„Und du?" Ich beugte mich zu Isisa und sah, wie ich mich in ihren braunen Augen spiegelte. „Lass mich raten! Hitzkopf? Draufgängerin?"

Isisa schüttelte den Kopf. „Zärtlichkeit", sagte sie und zwinkerte mir zu, und damit ging ich. Ich verließ die kleine Hütte, und alles, was ich gehört hatte, nahm ich mit wie ein Geschenk. Ich lief vorsichtig, federnd, fast als hätte ich Angst, ich könnte etwas zerbrechen, und währenddessen murmelte ich leise vor mich hin: Hab Geduld, Lindelami, dann siehst du es selbst. Es braucht Zeit, bis sich etwas verändert, und tatsächlich fing es schon beim Abendessen damit an.

MANDELAS MÖHREN

Ma hatte gekocht. Seit Nomsa bei uns arbeitete, kam das höchst selten vor. Außerdem gab es Möhren. Pa hatte sie von der Arbeit mitgebracht.

„Wieso Möhren? Wieso von der Arbeit?“, wunderte ich mich. Ma häufte mir eine Handvoll Möhren auf meinen Teller. Ich kostete eine. Sie schmeckte zart und süß.

„Mandela hat sie mir gegeben“, sagte Pa.

Eine Möhre plumpste von meiner Gabel. „Mandela?“

„Er baut Gemüse an!“ Ma strahlte. „Kürbisse. Paprika. Gurken. Die reinste Gärtnerei. Heute hat Mandela geerntet. Er hat so viele Möhren aus der Erde gezogen, dass er sie deinem Pa mitgegeben hat. Was sollen sie schon im Gefängnis mit dem ganzen Grünzeug anfangen?“ Es war nicht zu übersehen, dass sich Ma über das unverhoffte Mitbringsel freute. Zwar verdiente Pa inzwischen mehr, doch blieb das Geld nach wie vor knapp, und Möhren entlasteten die Haushaltskasse, wer auch immer sie beschafft haben mochte.

„Er fragt übrigens wieder nach dir“, sagte Pa und schob sich ein paar Möhren in den Mund.

„Nach mir?“

„Mmh. Er hat sich beschwert. Ich hätte ihm die Frage, die er mir letztens stellte, noch nicht beantwortet. Er möchte wissen, ob du lernst. Wie du vorankommst in der Schule. Was du für Noten hast." Pa legte die Gabel weg. Er sah mich an. „Hast du gute Noten, Hendrik?"

Ich dachte an die Mathearbeit, die in meiner Schultasche weinte. Ich hatte sie vergessen. *Das sähe besser aus, wenn du üben würdest,* hatte Meneer van Zyl gesagt.

„Ich habe einen Aufsatz für meine Geschichtslehrerin geschrieben", murmelte ich.

Pa seufzte. „Hendrik, hör zu: Nelson hat recht! Bildung ist wichtig. Eines Tages werden die Gebildeten dieses Land regieren, egal, ob sie weiß sind oder schwarz."

Ich war froh, dass ich keine Möhre im Mund hatte. Sonst hätte ich mich spätestens jetzt daran verschluckt. Denn es waren gleich drei Merkwürdigkeiten, die Pa vom Stapel ließ wie die größten Nebensächlichkeiten. Dabei war eine Einzelne davon schon fast zu viel: Erst verspeisten wir Gemüse, das Mandela angebaut und Pa geschenkt hatte, als machten Gefangene ihren Wärtern jeden Tag Geschenke. Als Nächstes erwähnte Pa, dass sich die Dinge, die er stets für unverrückbar erklärt hatte, möglicherweise änderten. Zu guter Letzt – und das war vielleicht das Merkwürdigste – nannte er Mandela *Nelson.* Bei seinem Vornamen. Als stünden die zwei auf du und du.

Auch Ma hatte es bemerkt. Sie sah Pa an, ich sah Pa an. Aber Pa schob sich weiter Möhren in den Mund und kaute, als wäre nichts vorgefallen, und dabei war es eine Menge. Niemand musste es aussprechen: Manches hatte sich schon jetzt verändert.

„Ma", sagte ich und lächelte meine Mutter an, „die Möhren sind total lecker!"

„Danke, Lief“, antwortete sie und lächelte zurück.

In meinem Zimmer kramte ich als Erstes die Mathearbeit aus der Schultasche, die tief zwischen die Bücher gerutscht war. Ich legte das Blatt auf den Schreibtisch und glättete es. Lange starrte ich auf Coopers Striche, die durch meine Rechnungen liefen. Sie *durchkreuzten*. Weil sie nicht stimmten. Weil ich nicht gelernt hatte.

Ich dachte an Mandela. Ein großer schlanker Mann mit einem entwaffnenden Lächeln, der wissen wollte, ob ich in der Schule vorankam. Ob ich lernte. Es passte nicht in meinen Schädel: Wie konnte ein Mensch, der im Gefängnis verfaulte und darum keine Zukunft besaß, an Bildung denken? An *meine* Bildung? Und damit an meine Zukunft?

Auch wenn ich es nicht begriff, machte es etwas mit mir. Mandela hatte mich bereits dazu angespornt, dass ich täglich lief. Mittlerweile stemmte ich lässig 63 Liegestütze hintereinander. Jetzt spitzte ich einen Bleistift und rechnete Coopers Brüche nach. Wieder und wieder. Bis die Zahlen vor meinen Augen verschwammen. Bis ich alle verstand.

TAU

Mann, du bist solch ein Lump!“ Ich sah Klasie deutlich an, dass er mich am liebsten geschubst hätte. Oder vor mir ausgespuckt. Doch er hielt sich zurück. Die anderen in der Klasse zählten zwar auch nicht gerade zu meinen Freunden. Trotzdem bildeten sie jetzt das Bollwerk, das mir die Prügelei ersparte. Juffrou Daniels hatte unsere Aufsätze zurückgegeben. Klasies Arbeit war kein Ruhmesblatt: Schlechter ging es nicht. Das sah bei mir anders aus. Juffrou Daniels hatte mich vor der gesamten Klasse gelobt. Besonders gut gefallen hätten ihr meine *mannigfachen Perspektiven*, wie sie es nannte. Damit meinte sie, dass ich die Dinge aus unterschiedlichen Blickwinkeln beleuchtet hatte. Auch wenn ihr manches daran undenkbar erschien.

„Man könnte glatt für eine Utopie halten, was dir aus der Feder geflossen ist, Hendrik Dippenaar, also etwas, das niemals sein wird, weil es niemals sein kann, so ähnlich wie ein Traum, verstehst du, was ich meine?“

Ich dachte an meinen Traum vom Regenbogen. Für einen Augenblick schossen die Farben an meinen Augen vorbei. Bunt. Bunter. Eine Regenbogennation. Ich nickte.

„Andererseits hat es mich beeindruckt, wie du aus einem Dutzend kleiner Ansichten ein vielschichtiges Bild unserer

Geschichte zusammengesetzt hast. Jawohl, es hat mir Vergnügen bereitet, deinen verschlungenen Gedankengängen zu folgen, das gebe ich zu. Bravo, weiter so!"

Das war noch nicht alles.

Als wollte er dem Ganzen die Krone aufsetzen, hatte Cooper unmittelbar danach einen weiteren Test schreiben lassen, ein spärliches Arbeitsblatt mit krummen Brüchen, das er uns bereits zum Ende der Stunde mit den üblichen hochgezogenen Augenbrauen berichtigt zurückreichte. Diesmal leuchtete mein Blatt nicht rot.

„Es ist mir völlig unbegreiflich, wie du dich verbessert hast!", schnaufte Cooper. Die Verwunderung in seinem Gesicht hätte kaum größer leuchten können.

Er tat mir beinahe leid. Ich verstand, dass er sich wunderte. Mich dagegen wunderte es nicht, denn es war kein Wunder. Seit jenem Gespräch über Mandelas Möhren hatte ich mich angestrengt. Ich hatte aufgepasst in der Schule und gelernt, nicht nur in den Fächern, die mir leichtfielen, sondern auch in Mathe. Besonders in Mathe. Ich wusste außerdem, wem ich das zu verdanken hatte: Mandela mochte ein Terrorist sein. Doch dann war er einer, der für meine Zukunft sorgte.

Als Ma meine guten Noten erfuhr, schmiedete sie sofort Pläne. „Wenn du so weitermachst, Lief", sagte sie und ihre Augen strahlten, „bist du eines Tages noch der Erste, der in unserer Familie studiert!"

Ich versuchte, sie zu bremsen. Es gelang mir nicht. Ma beachtete mich nicht einmal. Vermutlich malte sie sich schon aus, wie ihr Leben mit einem studierten Sohn aussähe, der als Anwalt oder Richter oder Arzt arbeitete und in jedem Fall mehr verdiente als Pa. Ich würde sie zum Essen ausführen. Jeden Tag. Wir hätten auch Mandelas Möhren nicht mehr nötig. Mas Finger flatterten durch die Luft, als suchte sie etwas, an dem sie sich festhalten konnte, und weil sie nichts fand, nahm sie ein Geschirrtuch und polierte ein Glas, das ohnehin längst glänzte, fünfzig Mal dasselbe, bis ihr Nomsa das Geschirrtuch kurzerhand aus den Händen zupfte.

Ma sah Nomsa ratlos an. „Es gibt einfach nichts mehr zu tun!", sagte sie und sackte zusammen wie ein Ballon, dem die Luft ausging. Aber dann nickte sie. Sie nickte langsam und in dem Nicken schwang mehr mit als bloße Zustimmung. Es war eine Einsicht, die in ihr aufbrach und der sie sich fügte, ein stilles Übereinkommen zwischen ihr und der Welt: Die Dinge hatten sich geändert und sie war immer noch am Leben, obwohl sie ständig etwas anderes befürchtet hatte.

„Du kannst jetzt gehen, Nomsa! Für heute kommen wir allein zurecht."

„Danke, Missus", sagte Nomsa. Sie lächelte mir zu, ehe sie uns verließ.

Einen Augenblick lang war es so still in der Küche, dass ich glaubte, die anderen könnten mein Herz schlagen hören. Dann rief Christie von nebenan, und Ma ging, um nach ihr zu sehen.

Pa und ich blieben allein zurück. Wir saßen uns gegenüber. Nur wir zwei. Das war ungewohnt.

Pa beugte sich vor. Er klopfte mir auf die Schulter, aber ganz sacht. „Das hast du gut gemacht", sagte er.

Pa hatte nie studiert. Doch Mandelas Frage, ob ich lernte, beflügelte offenbar auch ihn. Immer öfter hatte ich ihn in letzter Zeit dabei ertappt, wie er in einem Buch blätterte statt durch die üblichen Zeitungen, bei denen bereits im Vorfeld klar war, was darin stand. Selbst jetzt hielt Pa ein Buch in der Hand. Einen Ratgeber über Gemüseanbau in der Kapregion. Er legte das Buch auf den Tisch.

Pas Lob war mehr, als ich je zu hoffen gewagt hätte. Doch plötzlich begann er zu erzählen.

Ich wusste natürlich inzwischen, dass Mandela als Anwalt gearbeitet hatte und sich mit Gesetzen auskannte. Jetzt berichtete Pa von dem Tag, an dem Mandelas ältester Sohn Tembi bei einem Autounfall ums Leben gekommen war. Wobei über allen Köpfen unausgesprochen die Frage schwebte, ob nicht der BOSS, der damalige Geheimdienst, dahintersteckte. Es krachte täglich auf Südafrikas Straßen und Menschen starben. Aber nicht immer lag das an einem unachtsamen Fahrer.

„Man gab Nelson zwei Tage, um zu trauern. Das stand jedem Gefangenen zu, war jemand in der Familie gestorben. Nelson gönnte man diese Zeit aber nur, weil man befürchtete, er würde sie sich sonst mit Verweis auf ihre eigenen Paragraphen erstreiten. Dann hätten sie zugeben müssen, dass ein Gefangener gründlicher über ihre Gesetze Bescheid wusste als sie selbst.“ Pa lachte. Sein Lachen klang, als empfände er eine eigentümliche Freude darüber, dass seine Kollegen dümmer waren als der Mann, den er seit etlichen Jahren bewachte. „Da hatte er ohnehin schon viel erreicht, wesentlich mehr, als ich je für möglich gehalten hätte. Ich wollte es mir nicht eingestehen, aber jetzt sage ich es laut: So jemanden wie Nelson trifft man nicht alle Tage! Der Mann ist ein Juwel. Obwohl sich manches durchaus lange zog. Neben Grips und Verstand braucht es eben auch Beharrlichkeit, wenn sich etwas ändern soll. Aber all das hat Nelson. Oh ja, er kann wahrlich stur sein.“ Pa schmunzelte wie in Erinnerung an etwas, das ich nicht sah, und mir kam der Gedanke, dass die beiden schon eine Menge miteinander erlebt haben mussten, von dem ich ebenfalls nichts wusste. „Lange Hosen erhielt er auf alle Fälle erst etliche Jahre und ungezählte Beschwerdebriefe später.“

„Lange Hosen? Hat Mandela denn kurze Hosen getragen wie ein kleiner Schulbub?“, fragte ich verblüfft.

„Natürlich“, brummte Pa, „er ist immerhin ein Häftling!“ Doch dann kratzte er sich am Kinn, als verstünde er auch nicht länger, was sie den Gefangenen zugemutet hatten; bei jedem Wetter kurze Hosen zu tragen, selbst im Winter, obwohl es ihm damals selbstverständlich erschienen war. „Nur den Coloureds standen lange Hosen zu“, sagte Pa. „Und der einzige Coloured unter den Rivonia-Angeklagten war Ahmed Kathrada. Aber sei's drum. Auch wenn sie alle Häftlinge waren, wurde unter ihnen noch nach Hautfarben unterschieden: Braun blieb Braun, Schwarz war Schwarz.“

Ich blickte auf meine Arme, die sich in der Sonne verfärbt hatten. Gestern war ich lange über das Feld getrabt. Oft war ich braun. Wenn ich nicht aufpasste, brutzelte mich die Sonne rot. Richtig weiß war ich im Grunde nie. Es erschien mir vollkommen abwegig, dass etwas derart Willkürliches wie die Hautfarbe solch schwerwiegende Unterscheidungen nach sich zog. Aber nicht allein das. Wie konnte man von den Benachteiligten obendrein verlangen, zu glauben, alle Menschen wären gleich, auch gleich geliebt von Gott, der sie erschaffen hatte, während sie gleichzeitig in ungleichen, ungerechten Verhältnissen verharren sollten. Auch das sei Gottes Wille? Das würde ich im Leben nicht begreifen. Obwohl ich ehrlicherweise hätte sagen müssen: Ich würde es nie begreifen, seit ich Nomsa, Rhoda, Enzokuhle und Isisa kennengelernt hatte. Rhodas Ma, Amukelanie – sie alle hatten dafür gesorgt, dass ich nichts mehr unhinterfragt ließ. Es gab stets zwei Seiten einer Geschichte. Mindestens.

Doch Pa dachte noch immer an Mandelas juristische Spitzfindigkeiten. „Seine Briefe an die Gefängnisverwaltung wimmelten nur so von Paragrafen." Pa gluckste. Der Gedanke an Mandelas Schläue bereitete ihm sichtliches Vergnügen. „Man konnte ihm nichts vormachen, ihn nicht reinlegen. Bis heute nicht." Es klang wie Beifall. Als würde Pa den Mann, dessen Briefe er zerschnitten hatte wie die Papiersterne, die wir zu Weihnachten bastelten, wertschätzen. Sogar bewundern.

Es lag noch nicht allzu lang zurück, da hatte ich mich gefragt, ob Pa ein Drückeberger war, weil er sich gegen das Militär für das Gefängnis entschieden hatte. Jetzt störte es mich nicht mehr. Ich war froh, dass seine Wahl auf das Gefängnis gefallen war. Ich hätte sonst Mandela nicht kennengelernt, obwohl ich ihn noch nie getroffen hatte.

Es fühlte sich gut an, mit Pa zu reden, von Angesicht zu Angesicht, als wäre mir kalt gewesen und jetzt wurde mir warm. Wieder fielen mir Worte von Mandela ein. Amukelanie hatte sie erwähnt. Sie hatten mich bewegt, ich hatte viel darüber nachgedacht. Jetzt sagte ich sie laut in der Hoffnung, Pa würde verstehen, was ich damit meinte: „Mandela sagt: ‚Um mit einem Gegner Frieden zu schließen, muss man mit ihm zusammenarbeiten …‘“

„‚… und der Gegner wird dein Freund‘“, vollendete Pa den Satz.

Wir sahen uns an. Wir dachten dasselbe: Pa hätte aufpassen sollen, dass keins von Mandelas Worten je die engen Gefängnismauern verließ, nicht auf Robben Island, weder in Pollsmoor noch sonst wo. Stattdessen hatte er sie zu mir träufeln lassen, Wort für Wort, Gedanke um Gedanke. Wie der Tau, von dem Nomsa gesprochen hatte. Unscheinbar, aber wirkungsvoll.

Pa versuchte gar nicht erst, sich zu rechtfertigen. Er faltete die Hände und legte sie auf das Buch. Es sah aus, als würde er beten. „Ich habe Mandelas Briefe abgefangen“, sagte er. „Ich habe sie gelesen. Aber nicht nur das: Ich habe sie zerschnitten. Die meisten seiner Worte warf ich weg wie Müll. Aber vieles von dem, was ich in den Papierkorb knüllte, ist mir im Gedächtnis hängen geblieben, auch dieser eine Satz, der mich jetzt tröstet, weil vielleicht auch ich mich ändern darf. Nelson schrieb ihn seiner Frau im Dezember 1979: ‚Jemand kann drei Viertel seines Lebens als Schurke zubringen und wird am Ende doch heiliggesprochen, weil er das restliche Viertel als Heiliger gelebt hat.‘“ Pa sah auf seine Hände. Verwundert über die eigene Geste zog er die Finger auseinander. Er hielt sie mir hin, als wollte er mich um Vergebung bitten. „Nicht, dass ich ein Heiliger sein möchte. Das überlasse ich hübsch den anderen. Ich freue mich schon, wenn ich ein einigermaßen leidlicher Mensch bin. Trotzdem hoffe ich, man wird mir das Unrecht, das ich verbrochen habe, einst nachsehen.“

Ich dachte an Ubuntu: Ich bin, weil du bist. Du bist, weil ich bin.

„Was machen wir nun?“, fragte ich.

„Wie wäre es, wenn wir miteinander reden?“ fragte Pa. „So wie jetzt. Oder was denkst du?“ Er schaute mich an, und ich sah, dass er seine Frage ernst meinte: Er wollte wirklich wissen, was ich dachte. Unsere Unterhaltung glich keiner Einbahnstraße mehr, sie hatte sich in ein Gespräch verwandelt.

„Das halte ich für eine gute Idee“, sagte ich. Trotzdem fiel mir als Erstes etwas ein, das wir *tun* konnten. „Wollen wir Rugby spielen?“

Pas Buch plumpste auf den Boden. „Das ist nicht dein Ernst?“, fragte er, und Zweifel und Freude flackerten in seinen Augen.

Aber ich war schon aufgesprungen und hatte den Rugbyball aus der Ecke in meinem Zimmer befreit.

„Ich bin viel geschickter geworden, seit wir es das letzte Mal versucht haben“, versicherte ich ihm. „Du wirst es gleich merken!“

Pa nickte. Er legte eine Hand auf meine Schulter. Dann gingen wir raus. Gemeinsam.

ANTWORT

Es hat etliche Tage gedauert und tausend Kilometer, denn so weit ist die Strecke von Kapstadt nach Johannesburg. Aber obwohl Mandela noch immer im Gefängnis sitzt – der längste gewaltfreie Sit-in in der Geschichte der Menschheit – fühlt es sich schon jetzt so an, wie ich es in meinem Traum vom Regenbogen sah: Rhoda steht neben mir, Isisa steht neben mir und ich stehe mittendrin. Der Abstand zwischen unserer Haut ist hauchdünn, und es spielt keine Rolle, welche Farbe sie hat. Und während ich kaum fasse, dass ich hier stehe, eingekeilt zwischen hunderten anderen aufgeregten, klatschenden, jubelnden Menschen im Jabulani Stadion, das aus allen Rängen platzt, höre ich Zindzi, die zu uns spricht. Sie ist 24 Jahre alt und in diesen Tagen die einzige in ihrer Familie, die nicht unter Bann steht und deshalb die Worte ihres Vaters vorlesen darf. Botha hat Mandela ein Angebot gemacht. Schwört er der Gewalt ab, lassen sie ihn frei.

My father says, sagt Zindzi. „Mein Vater sagt: ‚Ich schätze meine Freiheit sehr, doch die eure liegt mir noch mehr am Herzen. Zu viele Menschen sind gestorben, seit ich ins Gefängnis musste. Zu viele haben um der Liebe zur Freiheit willen gelitten. Nur freie Menschen können verhandeln.

Gefangene können keine Verträge schließen. Ich kann und werde nichts unternehmen, solange ich und ihr, das Volk, nicht frei sind. Eure Freiheit und meine Freiheit sind nicht zu trennen. Ich werde zurückkommen.'"

Sie wollten ihn ins Schweigen tunken. Damit ihn niemand hört. Es ist ihnen nicht gelungen. Wir hören Nelson Mandela. Wir hören auf ihn.

DER BERÜHMTESTE HÄFTLING DER WELT

Fünf Jahre später geschah, was niemand für möglich gehalten hätte, auch wir nicht, als wir im Jabulani Stadion hoffnungsfroh Mandelas Worten lauschten: Am 11. Februar 1990 entließ der amtierende Staatspräsident Frederik de Klerk den gefürchtetsten Verbrecher Südafrikas aus dem Gefängnis, einen Terroristen, mit dem man niemals reden sollte. De Klerk stellte keine einzige Bedingung.

Mandela hatte seine Rede mit den Worten beendet: „Ich werde wiederkommen". Nun war er wieder da.

Ich saß vor dem Fernseher, als die Bilder über die Mattscheibe flimmerten. Die schwarze Limousine hielt an, weil sie wegen der vielen Menschen nicht vorankam. Der große schmale Mann stieg aus. Er winkte der Menge zu. Er reckte die Faust in die Luft und er lächelte genauso, wie ich es mir all die Jahre vorgestellt hatte, seit Amukelanie davon erzählt hatte.

„Wir können keinen Krieg gewinnen, aber eine Wahl!" Auch das hatte Mandela gesagt. Vier weitere Jahre später siegte der ANC in der ersten freien Wahl, bei der auch Schwarze ihre Stimmzettel in die Urnen warfen, und Mandela wurde der erste schwarze Präsident Südafrikas. Ihm verdanken wir es, dass das Land nicht in einen blutigen Bürgerkrieg versank, wie allgemein befürchtet worden war. Der Traum vom Regenbogen erfüllte sich: Schwarze und Weiße regierten zusammen. Menschen, die sich zuvor bekriegt hatten, arbeiteten Seite an Seite. Zu Mandelas Leibwächtern zählten Schwarze und Weiße, und als die *Springbokke* Weltmeister im Rugby wurden, jubelten wir miteinander.

Das liegt nun auch wieder etliche Jahre zurück, und noch einmal rechne ich nach. Das geht flott. Mittlerweile bin ich gut in Mathe. Ich habe meine Hausaufgaben erledigt. Ich bin Anwalt geworden wie Mandela. Ich hoffe, den Menschen zu ihrem Recht zu verhelfen. Ich versuche es mit Paragraphen, aber ich denke dabei auch an Ubuntu. Denn Paragraphen sind von Menschen gemacht, wir aber sind nur darum Menschen, weil es andere Menschen gibt. Auch diese Einsicht verdanke ich Madiba, auch das habe ich von ihm gelernt.

Und hier ist meine Überlegung: Mandela starb am 5. Dezember 2013 mit 95 Jahren. Wäre er nicht entlassen worden an jenem sonnig heißen Tag im Februar, wie alle Tage im Februar sonnig und heiß sind, weil der Februar der wärmste Monat im Jahr und unser Sommer ist, hätte Mandela weitere 28 Jahre im Gefängnis verbracht. Ich erzählte es schon. Lebenslänglich meint, was es besagt: Du bleibst hinter Gittern, bis du stirbst. Zusammengerechnet ergibt das 49 Jahre. Das ist eine furchteinflößend lange Zeit. Denn was könnte ein Mensch nicht alles anfangen mit einer solch großen Menge an Jahren? Was aber bleibt ihm davon übrig, wenn er sie im Gefängnis verbringt?

Es ist nur ein Rechenspiel, ich weiß, und ich bin froh darüber, denn Nomsa behielt recht: Die Umstände veränderten sich, das Ungleichgewicht der Geschichte pendelte sich aus, und bis heute verstehe ich nicht restlos, wie es dazu kam. Es erscheint wie ein Wunder, aber das ist es kaum. Denn auch Mandela lebte als Mensch aus Fleisch und Blut – wie du und ich.

Es war ein langer Weg zur Freiheit, aber auch das trifft es nicht. Denn ich kenne keinen Menschen, der freier hätte sein können als Mandela, obwohl er eingesperrt war, und obwohl sie ihn wegsperrten, damit ihn niemand hörte, habe ich ihn gehört, lauter als jeden anderen, bis es mich veränderte: Nelson Mandela, Madiba, Tata Mandela. Der berühmteste Häftling der Welt.

NELSON-MANDELA-TAG: DIE WELT EIN BISSCHEN LEBENSWERTER MACHEN

Mandela sagte einmal: „Es liegt an euch, für alles, was lebt, eine bessere Welt zu schaffen." Weil Mandela am 18. Juli 1918 geboren wurde, gilt der 18. Juli seit 2009 als internationaler Nelson-Mandela-Tag. An diesem Tag sollen wir versuchen, die Welt ein Stückchen liebenswerter zu gestalten. Oft braucht es nichts Ausgefallenes, damit ein anderer lächelt. Was fällt dir ein?

Hier sind ein paar Vorschläge, die auch Mandela gefallen hätten:

Heute säe ich Kressesamen aus.

Ich gieße die Blumen.

Ich helfe meiner alten Nachbarin mit ihrem Einkauf.

Ich stemme zehn Liegestütze (prima, wenn du mehr schaffst).

Ich bedanke mich bei meiner Lehrerin, dass sie sich darum bemüht, uns etwas beizubringen.

KOCHEN WIE AM KAP: VETKOEK

Südafrika ist ein buntes Land. Das spiegelt sich auch in den Kochtöpfen wider. Gerichte der Ureinwohner, niederländische, deutsche, französische, englische und indische Einflüsse prägen die südafrikanische Küche. Willst du einmal ein Gericht burischer Tradition versuchen?

Vetkoek (sprich: Fettkuck) wird häufig zum Frühstück oder nachmittags beim Tee gegessen. Innen fluffig warm, außen verlockend knusprig, entpuppt sich die frittierte Süßspeise als verführerischer Leckerbissen, der allerdings recht gehaltvoll ist. Nicht umsonst bedeutet Vetkoek *fetter Kuchen*.

Für vier hungrige Leckermäuler brauchst du:
drei Tassen Mehl,
einen Teelöffel Salz,
einen Teelöffel Zucker,
ein halbes Päckchen Trockenbackhefe,
eine Tasse lauwarmes Wasser.

Vermische Mehl, Zucker, Trockenbackhefe und Salz in einer Schüssel. Während du weiterrührst, kippst du langsam das Wasser dazu, bis sich der Teig zu einer Kugel zusammenrollt und nichts mehr an deinen Händen klebt. Lass den Teig zugedeckt zwei Stunden an einem warmen Ort ruhen. Danach zwackst du faustgroße Kügelchen ab. Brate jeweils vier davon in einer Pfanne oder einem Topf mit heißem Öl, drei bis fünf Minuten auf jeder Seite, je nach Dicke kürzer oder länger. Fische deine Küchlein vorsichtig aus dem Öl. Gib acht, dass du dich nicht verbrennst! Lass sie abtropfen und etwas auskühlen, ehe du sie aufschneidest und mit dem, was du am liebsten magst, füllst. Ob süß mit Marmelade (in Südafrika nimmt man meistens Aprikosenmarmelade) oder herzhaft mit Schinken, Käse oder Hackfleisch: ganz nach deinem Belieben. Lekker eet, guten Appetit!

GIB MIR DEN BALL – EIN SPIEL AUS SÜDAFRIKA

In Afrika spielen Kinder selten allein. Warum auch, wo es doch gemeinsam viel mehr Spaß macht? *Gib mir den Ball* ist besonders in den Townships beliebt. Manchmal gibt es keinen Ball, dann geht es auch mit einer Jacke, einem Apfel oder Taschentuch.

Teilt euch in zwei gleich große Gruppen. Stellt euch in einem Abstand von einem Meter hintereinander auf, haltet die Beine dabei leicht gegrätscht. Nun lässt der Vorderste den Ball durch die Beine der anderen nach hinten wandern bis zum Letzten, der so fix wie möglich mit dem Ball wieder nach vorne flitzt. Reicht den Ball solange weiter, bis alle einmal vorne standen. Welche Gruppe schafft es am schnellsten?

LISTE UNBEKANNTER WÖRTER: GLOSSAR

Afrikaner: Seit Ende des 18. Jahrhunderts Selbstbezeichnung der Afrikaans sprechenden europäischstämmigen Einwohner Südafrikas und Namibias. Früher auch Kapholländer oder Weißafrikaner genannt.

Afrikaans: drittgrößte der elf Amtssprachen Südafrikas (nach Abschaffung der Apartheid). Eine indogermanische Sprache, die sich aus dem Niederländisch des 17. Jahrhunderts entwickelte. Früher auch *Kapholländisch* oder *Kolonial-Niederländisch* genannt.

Amandla! Ngawethu!: Befreiungsruf. Die Macht! Dem Volk! Politische Grußformel aus der Zeit der Antiapartheidbewegung. Einer ruft: Amandla! Die anderen antworten: Ngawethu!

ANC: Afrikanischer Nationalkongress (African National Congress), Südafrikas älteste Befreiungspartei, gegründet 1912. Sie wurde 1960 in Folge des Massakers von Sharpeville verboten.

Apartheid: Afrikaans für *getrennt*, Politik der Rassentrennung in Südafrika, die seit 1948 im Gesetz verankert war. Sie sicherte die Vorherrschaft der weißen, aus Europa stammenden, Minderheit gegenüber einer nicht-weißen Mehrheitsbevölkerung. 1994 wurde die Apartheid mit der neuen

Verfassung abgeschafft.

Assegaai: Speer.

Baaskap: Afrikaans, weiße Vorherrschaft.

Babbelbekkie: Afrikaans, verächtliche Bezeichnung für jemanden, der viel redet. Quasselstrippe.

Bann: Wer mit einem *Bann* belegt wurde, durfte keine öffentlichen Gebäude betreten, keiner Versammlung beiwohnen und sich nie mit mehr als einer Person gleichzeitig treffen. Vielen wurde es nicht gestattet, ihr Haus oder das Wohnviertel zu verlassen. Eine mit Bann belegte Person durfte weder zitiert noch fotografiert werden. Darum galten Mandelas Worte noch bis 1990 als verboten.

Bediende: Afrikaans, Bezeichnung für die in der Regel schwarzen weiblichen Hausangestellten.

Bhutana: isiXhosa, kleiner Bruder.

Braai: Afrikaans, Grillparty.

Buren: Nachkommen der seit 1652 nach Südafrika eingewanderten vorwiegend niederländischen Siedler, die im *Großen Treck* nach Norden zogen und mehrere Freistaaten gründeten.

Casspir: gepanzerter Polizeiwagen.

Colour bar: ungefähr übersetzbar mit *Messlatte nach Farben*. 1926 *Colour Bar Act*, der Schwarzen die Ausübung von Fachberufen untersagte, wonach sie fortan nur als unqualifizierte Arbeiter arbeiten durften.

Coloured: (Afrikaans *Kleurlinge*) Nachfahren der Khoisanvölker, afrikanischen Sklaven, malaiischen und chinesischen Einwanderern und weißen Siedlern. Sie wurden während der Apartheid ebenfalls benachteiligt.

Commonwealth of Nations: Vereinigung unabhängiger

Staaten, die früher Teil des British Empires waren.

Dingaanstag: Tag des Gelöbnisses. Die Voortrekker gelobten am 16. Dezember 1838, sie würden diesen Tag für alle Zeiten heiligen, sollten sie die Schlacht gegen die Zulus gewinnen.

Dingaan/Dingane: Zulukönig, der zwischen 1829 bis 1840 regierte. Er kämpfte gegen die Voortrekker in der Schlacht am Blutfluss.

Freiheitscharta: siehe Zeittafel.

Geen probleem nie: Afrikaans, kein Problem.

Homeland: Von der Nationalen Partei zur räumlichen Durchsetzung der Apartheid geschaffene, scheinbar unabhängige, flächenmäßig kleine Staaten innerhalb Südafrikas, in welche die schwarze Bevölkerung zwangsumgesiedelt wurde. Tatsächlich blieben die Homelands sowohl ökonomisch wie auch politisch von der weißen Regierung abhängig. Vom ANC stets abgelehnt, wurden sie mit dem Ende der Apartheid 1994 abgeschafft.

Iimbotyi: isiXhosa, Bohnen

Impimpi: isiXhosa, Verräter.

Indaba: isiXhosa, Versammlung.

Juffrou: Afrikaans, Anrede für eine Lehrerin, Fräulein.

Kapdoktor: Spaßhafte Bezeichnung für den Wind, der vom Tafelberg fallend durch Kapstadt saust und dabei die schlechte Luft der Stadt – z.B. Autoabgase – aufs Meer weht.

Khoisan/San: Ureinwohner des südlichen Afrikas seit mehr als 30 000 Jahren.

Koeksisters: geflochtenes, in heißem Öl frittiertes Gebäck, das in Sirup getränkt wird. Mit Schwestern hat es nichts zu tun: *Sis* erinnert an den zischenden Laut, wenn der Teig ins Öl taucht.

Lekker eet: Afrikaans, guten Appetit!

Lief: Afrikaans, Liebling, Kosename.

Mieliepap: Maisbrei.

Meneer: Afrikaans, Anrede für einen Mann, Lehrer, Herr.

Missus: Anrede für eine weiße Frau, vor allem von schwarzen Hausangestellten benutzt.

Nationalhymne: Nkosi Sikelel' iAfrika, das Lied, das Hendrik in Nomsas Hütte hört, war ursprünglich die Hymne des ANC. Sie galt als Ausdruck des Widerstandes gegen die Apartheid. 1994 wurde Nkosi Sikelel' iAfrika zur offiziellen Nationalhymne Südafrikas, gleichberechtigt mit der *Die Stem van Suid-Afrika*, die Hendrik noch auf Robben Island sang. 1997 wurden beide Hymnen zu einer einzigen zusammengefasst. Ihre Strophen sind in den fünf in Südafrika am häufigsten gesprochenen Sprachen isiXhosa, isiZulu, Sesotho, Afrikaans und Englisch verfasst. 2017 wählte die Wochenzeitung *The Economist* Südafrikas Nationalhymne zur besten der Welt.

Nederduitse Gereformeerde Kerk: Niederländisch-reformierte Kirche in Südafrika. Die unter den niederländischen Siedlern und Missionaren um Jan van Riebeeck 1652 am Kap gegründete evangelische Kirche konservativer, calvinistischer Prägung entwickelte sich seit 1824 zu einer von der niederländischen Mutterkirche unabhängigen Institution, die schon im 19. Jahrhundert ein staatliches Verbot von Geschlechtsverkehr und Ehen zwischen Weißen und anderen Bevölkerungsgruppen forderte.

NIS: National Intelligence Service, südafrikanischer Geheimdienst seit 1980 (bis 1994), davor BOSS (Bureau of State Security).

Oupa: Afrikaans, Opa.

PAC: Panafrikanischer Kongress (Pan Africanist Congress), spaltete sich 1959 vom ANC ab, da er dessen gewaltfreien Kampf gegen das Apartheidsregime nicht länger unterstützte. Neben dem ANC die wichtigste Befreiungsbewegung Südafrikas. Sie wurde 1960 infolge des Massakers von Sharpeville verboten. Bis zum Ende der Apartheid führte der PAC einen erbitterten Guerillakrieg gegen den von Weißen beherrschten Staat.

Panga: kurzstieliges Buschmesser.

Pasop: Afrikaans, pass auf!

Rand: südafrikanische Währung.

Rivonia-Prozess: 1964 geführter Hochverratsprozess gegen leitende Mitglieder des ANC, darunter als Hauptangeklagter Nelson Mandela, des Gewerkschaftsbundes und der Kommunistischen Partei.

Rooinek: Afrikaans, roter Hals, Schimpfwort für einen Engländer, vielleicht, weil diese überwiegend im Nacken einen Sonnenbrand bekamen oder weil sie in den Burenkriegen ein rotes Halstuch trugen.

Sharpeville Massaker: Siehe Zeittafel.

Shebeen: Kneipe im Township.

Sjambok: Peitsche aus Flusspferd- oder Nashornhaut.

So bonana: isiXhosa, bis bald!

Springbokke: Englisch *Springboks*. Die südafrikanische Rugby-Union-Nationalmannschaftmannschaft, die nach der Springbock-Antilope benannt ist.

Südafrikanische Union: 1910 Zusammenschluss der britischen Kolonien Natal und Kap sowie der Buren-Republiken Transvaal und Oranje-Freistaat. 1961 aufgelöst, als das weiße Parlament aus dem Commonwealth austrat und die *Republik Südafrika* ausrief.

Swart gevaar (schwarze Gefahr), *rooi gevaar* („rote Gefahr", gemeint ist der Kommunismus), *roomse gevaar* (Katholizismus): von der Regierung Botha und den weißen Afrikanern gefürchtete Bedrohungen Südafrikas.

Township: Siedlung für nicht-weiße Südafrikaner, oft nach einer Vertreibung in der Nähe großer Städte entstanden wie zum Beispiel Soweto (South Western Townships), das ein Zusammenschluss mehrerer Townshipsiedlungen im Südwesten Johannesburgs ist.

Tsotsi: Schwarzer Kleinkrimineller, Bandenmitglied in den Townships.

Ubuntu: afrikanische Lebensphilosophie, wonach ein Mensch erst durch einen anderen Menschen zum Menschen wird. Das Wort *Ubuntu* gibt es in Südafrika in allen schwarzen Landessprachen. Eine wörtliche Übersetzung ist kaum möglich. Es drückt eine Lebenshaltung aus, die sich am ehesten mit Geschwisterlichkeit, Solidarität und Zusammengehörigkeit umreißen lässt.

Umkhonto we Sizwe: isiXhosa, Speer der Nation, bewaffneter Arm des ANC (bis 1990), abgekürzt MK.

Van Riebeeck, Jan Anthoniszoon: Kaufmann, der im Auftrag der Niederländischen Ostindien-Kompanie (VOC) am 6. April 1652 die erste europäische Siedlerkolonie am Kap der Guten Hoffnung gründete.

Veld: Buschland.

verdomde engelse, Afrikaans, *grässliche Engländer*. Schimpfwort für englischsprechende Weiße.

Verwoerd, Hendrik Frensch: Wird oft als „Architekt der Apartheid“ bezeichnet, obwohl er zunächst als Minister für „Eingeborenenfragen“, später bis zu seinem gewaltsamen Tod 1966 als Premierminister der Südafrikanischen Union, bereits bestehende Diskriminierungen lediglich weiterentwickelte, allerdings auch verschärfte.

Vetkoek: frittierte Brötchen mit süßer oder herzhafter Füllung.

Voortrekker: Buren, die im Zuge des Großen Trecks in das seit Jahrhunderten von Schwarzen besiedelte Landesinnere vordrangen. Sie glaubten, das entspräche Gottes Willen und verglichen sich mit den Israeliten, die aus Ägypten ins Gelobte Land einzogen.

Whites only. Net blankes. Non-Whites only. Net nie-blankes: Nur Weiße/Nur Nicht-Weiße. Schilderaufschriften während der Apartheid, die unterschiedliche Lebensbereiche nach Hautfarben abtrennten.

ZEITLEISTE

18. Juli 1918: Nelson Mandela wird als Angehöriger einer Nebenlinie der Thembu-Monarchie im Dorf Mvezo in der Transkei geboren. Er ist der Sohn von Gadla Henry Mandela, einem Berater des Thembu-Königs Jongintaba, und dessen Drittfrau Nosekeni Fanny. Bereits mit fünf Jahren hütet er das Vieh. Als sein Vater stirbt, ist Mandela neun Jahre alt. Er wird von König Jongintaba adoptiert. Mit sechzehn erlebt Mandela eine rituelle Bescheidung, in der er zum Mann erklärt wird. Gründung des burischen Geheimbundes Broederbond, der dafür sorgt, dass Afrikaans sprechende Buren allmählich alle Teile der Gesellschaft beherrschen.

1923: Gründung des ANC aus dem 1912 entstandenen South African Native National Congress.

1939-1940: Mandela studiert an der Universität in Fort Hare.

1940: Als sein Ziehvater eine Heirat für ihn arrangiert, flüchtet Mandela nach Johannesburg. Er lernt Walter Sisulu kennen und betätigt sich zunehmend politisch.

1944: Mandela tritt dem ANC bei. Mit Sisulu, Oliver Tambo und anderen gründet er die ANC Youth League. Mandela heiratet Evelyn Mase. Sie bekommen vier Kinder.

1948: Daniel François Malans *Nationale Partei* gewinnt die Wahl und ruft die Apartheid aus. Erlass weiterer Gesetze, welche die Trennung verstärken und die Schwarzen weiter ausgrenzen.

26. Juni 1955: Trotz Verbots und Handgreiflichkeiten mit der Polizei strömen rund 3000 Delegierte der Anti-Apartheid-Gruppierungen African National Congress, South African Indian Congress, Congress of Democrats und South African Coloured People's Organisation nach Kliptown bei Johannesburg. Dort verabschieden sie die *Freiheitscharta.*

1957: Scheidung von Evelyn Mase.

1958 Mandela heiratet Winnie Madikizela, die erste schwarze Sozialarbeiterin Südafrikas. Sie bekommen zwei Töchter.

21. März 1960: Massaker von Sharpeville. Auf Anregung des PAC ziehen 5000 schwarze Südafrikaner ohne Pass vor die Polizeistation im Township Sharpeville. Die Polizei eröffnet das Feuer. 69 Demonstrierende werden erschossen, die meisten von hinten. Verbot des ANC und des PAC. Mandela wird verhaftet und wieder freigesprochen. Danach taucht er sofort unter. Tambo geht ins Exil.

31. Mai 1961: Ausrufung der Republik Südafrika. Verleihung des Friedensnobelpreises an Häuptling Albert Luthuli. Damit wird auch die lange Geschichte der Gewaltlosigkeit des ANC gewürdigt. Gleichzeitig entschließt sich Mandela zur Ausübung von Sabotageakten und damit zur Gewalt: Mit Sisulu gründet er *Umkhonto we Siszwe* – Speer der Nation – den militanten Zweig des verbotenen ANC.

5. August 1962: Mandela wird gefasst.

12. Juni 1964: Mandela wird im *Rivonia Prozess* „wegen Verschwörung zum bewaffneten Umsturz" zu lebenslanger Haft verurteilt und nach Robben Island gebracht. Als 466. Gefangener, der 1964 auf die Gefängnisinsel kommt, erhält er die Nummer 466/64; später nutzt er sie für eine Kampagne gegen Aids.

16. Juni 1976: Ein Foto erschüttert die Welt: In Soweto wehren sich 13 000 Schulkinder gegen die Einführung von Afrikaans als Unterrichtssprache in den höheren Klassen. Der zwölfjährige Hector Pieterson wird von einem Polizisten erschossen. Die Unruhen greifen auf andere Townships über.

1977: Stephen (Steve) Biko stirbt an den Folgen schwerer Folter. Die UN verhängt ein Waffenembargo gegen Südafrika. Weltweiter Aufruf zum Boykott südafrikanischer Produkte.

1982: Mandela wird in das Hochsicherheitsgefängnis Pollsmoor bei Kapstadt verlegt. Mit vier seiner Kameraden (Sisulu, Mhlaba, Mlangeni, etwas später Kathrada) kommt er in eine Gemeinschaftszelle.

1984: Erzbischof Desmond Tutu, der sich im Gegensatz zu Mandela für völlige Gewaltfreiheit ausspricht, erhält den Friedensnobelpreis. Tambos Aufruf aus dem Exil, die Townships unregierbar zu machen, wird in weiten Teilen des Landes Wirklichkeit. Über 36 Gebiete verhängt der inzwischen Präsident gewordene Pieter Willem Botha den Ausnahmezustand. Zugleich befindet sich das Land nach zunehmendem internationalen Boykott in einem wirtschaftlichen Niedergang, die Arbeitslosigkeit nimmt überhand, es kommt zu ausgedehnten Dürreperioden.

10. Februar 1985: Botha bietet Mandela die Freilassung an, wenn er der Gewalt abschwört. Mandelas Tochter Zindzi liest die Antwort ihres Vaters im Jabulani Stadion in Soweto vor: Mandela wird nicht auf Bothas Angebot eingehen, lieber will er weiterhin gefangen bleiben.

1986: Botha verhängt einen landesweiten Ausnahmezustand. Infolgedessen werden 50 000 Menschen, auch Kinder und Jugendliche, ohne Haftbefehl eingesperrt und gefoltert, oftmals erfolgt jahrelang keine Anklage. Townships, schwarze Schulen und Universitäten werden rund um die Uhr von Polizei und Militär belagert, Killerkommandos gezielt auf Menschenrechtsaktivisten, Bürgerrechtler und Gewerkschafter angesetzt und jegliche Demonstration zusammengeschossen.

11. Juni 1988: Anlässlich von Mandelas 70. Geburtstag geben Musiker aus aller Welt im Londoner Wembley-Stadion ein Solidaritätskonzert für seine Freilassung.

Dezember 1988: Mandela wird ins Victor-Verster-Gefängnis nach Paarl verlegt. Das Haus, in dem er im Unterschied zu vorher verhältnismäßig große Freizügigkeit genießt (obwohl sämtliche Räume verwanzt sind, selbst die Bäume und Beete im Garten), gefällt ihm derart gut, dass er es sich Jahre später im Dorf seiner Kindheit Qunu nachbauen lässt.

5. Juli 1989: Mandela trifft erstmalig Botha. Nach einem Schlaganfall Bothas wird Frederik W. de Klerk am 20. September als neuer Präsident vereidigt. Der strenggläubige Christ einer protestantischen Freikirche fühlt sich von Gott zu umwälzenden Veränderungen berufen.

11. Februar 1990: Mandela wird nach insgesamt 27 Jahren Haft aus dem Gefängnis entlassen. Bedingungslos. Zwischen Inkatha (Buthelezis Inkatha Freedom Party) und UDF (United Democratic Force)/ANC-Anhängern kommt es zu Kämpfen; fast 15 000 Menschen sterben. Später stellt sich heraus, dass die Streitigkeiten gezielt von der weißen Regierung geschürt wurden. Mandela versucht zu schlichten, aber erst, als es ihm gelingt, Mangosuthu Gatsha Buthelezi 1994 in die neue Regierung einzubinden, flauen die Auseinandersetzungen ab. Nach 30 Jahren im Exil kehrt ANC-Chef Tambo nach Südafrika zurück.

1991: Präsident de Klerk verkündet die Abschaffung maßgeblicher Apartheidsgesetze. Im Juli findet die erste ANC-Konferenz seit 31 Jahren statt. Mandela wird zum Kongresspräsidenten gewählt.

1992: Juni Massaker von Boipatong, September Massaker von Bisho. 26. September „Protokoll des Einvernehmens“ zwischen Mandela und de Klerk.

10. Dezember 1993: Verleihung des Friedensnobelpreises an Mandela und de Klerk in Oslo.

27. April 1994: Erste freie Wahl in Südafrika. Hunderttausend Helfer bereisten zuvor das Land, um der schwarzen Bevölkerung Lesen und Schreiben beizubringen. Der ANC verfehlt knapp die nötige Zweidrittelmehrheit. Mandela bildet eine „Regierung der nationalen Einheit“ aus Vertretern der drei stärksten Parteien.

10. Mai 1994: Mandela wird als erster schwarzer Präsident Südafrikas vereidigt. Damit enden über 300 Jahre weißer Vorherrschaft im Land. Als Mandela die Höhe seines

Gehalts erfährt, verringert er es umgehend; er betrachtet es als unangemessen hoch.

1995: Die Wahrheits- und Versöhnungskommission (Truth and Reconciliation Commission) unter Bischof Tutus Vorsitz beginnt ihre Arbeit. Sie untersucht die ungezählten Menschenrechtsverletzungen, die während der Apartheidsära begangen wurden.

21. März 1996: Mandela unterzeichnet als Präsident die neue südafrikanische Verfassung in Sharpeville. Das ist kein Zufall, sondern eine Handlung mit Hintersinn, kennzeichnet das Massaker von Sharpeville doch einen entscheidenden Wendepunkt in der Geschichte Südafrikas.

18. Juli 1998: Nachdem sich Mandela 1996 wegen unüberbrückbarer Unstimmigkeiten nach 38-jähriger Ehe von Winnie scheiden ließ, heiratet er an seinem 80. Geburtstag die Politikerin und Menschenrechtsaktivistin Graça Machel. Sie ist die Witwe des ehemaligen Präsidenten von Mosambik, Samora Machel, der stets den ANC unterstützt hatte.

5. Dezember 2013 Mandela stirbt an den Folgen einer Lungenentzündung.

ENKOSIE, THANK YOU, DANKIE!

Dank an Anne Gauert. Ihr umwerfendes Wissen und vertrauensvolles Erzählen über das Land, in dem sie aufwuchs, haben mir kostbare Einblicke verschafft, ganz zu schweigen von den ungezählten Rotbuschtees, die ich währenddessen genießen durfte. Sollten mir Ungereimtheiten unterlaufen sein – was ich nicht hoffe – liegt es einzig an mir.

Dank an Anja Lerz für ihr kluges und einfühlsames Lektorat.

Dank an Ingrid und Manfred Nonnenmann; ich kann mir keine besseren Eltern vorstellen!

Dank an Allie Dunnington, Rainer Nonnenmann, Kathrin Bongartz, Beate von Reinersdorff, Eleonore Sladeck, Doris Behm und Beate Gödecke für alle Unterstützung. Ich schreibe alleine, aber es tut gut, dass ich dabei nicht einsam bin.

„Still the children know the story of that man", singen *Simple Minds* in ihrem Song *Mandela Day*. Dass dem so ist und es hoffentlich auch so bleibt, liegt nicht zuletzt am Neukirchener Verlag, insbesondere Christoph Siepermann und Ruth Atkinson, die Büchern wie diesem ein verlegerisches Zuhause geben. Dafür danke ich sehr.

QUELLEN

Hendriks Geschichte habe ich mir ausgedacht. Darum ist sie keineswegs gelogen, auch wenn die Wirklichkeit im Südafrika der Apartheid weit grausamer aussah als die Ausschmückungen meiner Fantasie. Mandelas Worte, welche die Figuren an manchen Stellen wiedergeben, sind dagegen nicht erfunden. Sie wurden lediglich in Ausdruck und Zeitform angepasst und stammen aus folgenden Büchern:

Nelson Mandela. Meine Waffe ist das Wort. Penguin Verlag/Kösel-Verlag, München 2013.

Nelson Mandela: Der lange Weg zur Freiheit. S. Fischer, Frankfurt am Main 1994.

Empfehlenswert ist auch der Film „Goodbye, Bafana". Er beruht auf den Erinnerungen des Gefängnisaufsehers James Gregory, der Hendriks Vater hätte sein können. Goodbye, Bafana, Regie: Bille August, Deutschland, Belgien, Frankreich, Südafrika, Italien, Großbritannien 2007.

Zum Weiterforschen

Benson, Mary: Wir weinen um unser Land. Nelson Mandelas Kampf um Südafrika. Rowohlt, Reinbek bei Hamburg 1988.

Gottschalk, Maren: Die Morgenröte unserer Freiheit: Die Lebensgeschichte des Nelson Mandela. Beltz und Gelberg, Weinheim 2002.

Hagemann, Albrecht: Nelson Mandela, Rowohlt, Reinbek bei Hamburg 1995.

Thomas, Isabel: Nelson Mandela. Kleine Bibliothek großer Persönlichkeiten. Laurence King Verlag, Berlin 2018.

Brand, Christo: Mandela. Mein Gefangener, mein Freund. Residenz-Verlag, St. Pölten, Salzburg, Wien 2014.